穢れなき太陽

穢れなき太陽

ソル・ケー・モオ
吉田栄人訳

水声社

目次

村の娘タビタ

ある日、雨の神チャークが口を閉じちまったんだ。水が空から大地に落ちるための通り道は全部塞がれたから、大切な水は一滴さえ、村に落ちて来ようにも通り道はもうどこにもない。人間が暮らす世界はどこもかしこも大干ばつさ。みんな、雨を滝のように降らせていたかつての雲を思い出しながら、祈るような気持ちで地平線に雲を探した。でも、太陽がみんなの希望を焼き尽くすだけさ。あのあり余るほどの雨はヤシュ・チェ〔マヤの人々にとって世界樹とされる木。スペイン語ではセイバと呼ばれる〕の木に暮らす神々の言葉によるものだ。その言葉のおかげでミルパ〔トウモロコシ等を栽培するために切り開かれた焼き畑〕には作物が実り、人間の生活が成り立っていたんだ。今や水の神が口を閉じ、仲間の神々も目を閉じちまった。悲嘆に暮れたみんなの目からはいつしか涙さえ涸れた。それでも何か嬉しいことがあるときは、豊作だった時のことが思い起こされるんだ。だけど、たくさんのトウモロコシが山ほど積んであった納屋は段々と空になっていくだろ。昔のことを思い出せば思い出すほど、余計に、焼けて熱くなった釘が胸の奥に突き刺さるんだ。ついこの間までは、いざという時の飢饉に備えて家の片隅に豆やカボチャが植えてあったけど、今やどこの庭を探しても緑色をしたものは見つからない。トウモロコシを持っていれば、最初のうちはお金になった。「少しでいいんだが、どこか買えるところはないか」お金を持っている連中は必死になって訊いて回った。だけど、そんなこと言われても答えは決まってる。「そんなところあるもんか。みんな飢えで死にそうなのに」チャ・チャーク〔雨乞い〕の儀礼をやってどんなに悲痛の声を上げても、どんなに長い口上で嘆願してみても、セノーテ〔石灰岩質の地表が陥没してできた天然の井戸〕に眠る神の口元が緩むことはなかった。

この干ばつは何年も続いた。私はそのときのことを今でもよく覚えているよ。それはちょうどタビタ、つまり私の姪が生まれたお月さまの頃だったからね。姉さんのネレイダは運が悪いときに妊娠しちまったもんだ。あの頃妊娠したのは姉さんだけだった。食い物なんてありゃしないんだから、子供なんて産めるわけがない。腹は空くし、体は汚れたまま。何もない、あるのは悲しみだけというような中で、姉さんは痩せ細っちまった。まるで干からびた木の棒みたいだった。別に食欲がなかったわけじゃないけど、食べるものが何もないから、体は限界まで痩せ細ってさ、膨れたお腹がやけに大きく見えてた。するとどこからともなく、何人かの男が、荷物を載せた馬を引いて現れた。マセカ〔トウモロコシの粉。マセカは登録商標名〕をコナスポ〔トウモロコシなどの基本食料品の価格を統制するために創設されたメキシコ国営の食糧公社〕の店に届けてくれたんだ。神様たちが地上に暮らす人間のことを思いやってくれてた頃は、トルティージャ〔煮たトウモロコシをすり潰し、丸めて、クレープ状に薄く伸ばして焼いたメキシコの主食〕を作るためじゃなくて、豚の餌にするために買いに行ってた物さ。「子供と妊婦さんだけです」荷物を持ってきたお役人さんはそう言った。その人たちの顔はあれ以来見てないねえ。姉さんは小さな袋を五つもらえた。姉さんはそれを小分けにして少しずつ食べた。そうでなきゃ、お腹の子は栄養失調で死んじまうからね。それから、もの凄く暑い日が続いたある日の午後、あちこちを歩いて来たという、泥まみれのぼろぼろの服を着た男が現れた。その男を見て初めて、干ばつが始まってから村にはよそ者は一人も来ていないことを私らは思い出した。だから、その男は村の外で今何が起きているのかを教えてくれるかもしれない。「私は預言者だ」男はゆっくりとした口調で言った。「実は村の入口のところに採りたてのチャヨテ〔和名ハヤトウリ〕の入った袋をいっぱい置いてきた」腹をすかせてもうふらふら歩いてるような男たちが大急ぎで、その旅人が持ってきた土産を走って取りに行った。その夜はお祭り騒ぎだったさ。みんなチャヨテをたらふく食った。次の日の朝、そのマヤの預言者は出立する前に、みんなに向かって言ったんだ。空の水門の鍵が外され、大地に水を撒く準備ができている。後は感謝のお供えものをするだけでいい、て。男たちは儀礼で使うトウモロコシと鶏はないかと血眼になってあちこち、考えつくところは全部探してまわった。だけど、どこをどうひっくり返してみても何も見つからない。何一つ。サカ〔儀礼用のトウモロコシで作った飲み物〕もバルチェ〔バルチェと呼ばれる木の皮に蜂蜜を加えて発酵させた儀礼用の酒〕も用意できない。すると、フ・メン〔マヤ語で祈祷を唱える伝統的治療師〕が村人の希望に蓋をするかのように言った。「ここに雨は降らん」村の長老たちも口を揃えて言った。「そういうことだ。我々には雨の道は失われたんだ」ちょうどその日だった。みんなが悲嘆にくれている中、私の姪が生まれたんだ。ネレイダ姉さんは陣痛が始まると横になった。姉さんは出産の時の呻き声が誰にも聞こえないようにと、産婆さんが用意してくれた布を口に咥えた。ところが、生まれたタビタがもの凄く大きな産声を上げたんだ。村全体が揺れるほどだった。つい昨日のことみたいだねえ。私の耳の奥にはいまだにその大きな産声が残ってるよ。姪が泣き出すと、あまりの凄まじさに、水を堰き止めていた空の壁が粉々になったんだ。溜めてあった水は雨となって何年も降り続いた。三日もすると大地は水をたっぷりと吸い、それまで苦しんでいた乾きは収まった。喜びに沸き立った村のみんなは、この子はいい知らせを届けるために生まれたんだと考えた。「この子は神様が遣わした使者だ」とフ・メンが断じた。「きっとそうだ。そもそもネレイダにはずっと子供ができなかったんだから」村の偉方もみな、口を合わせて言った。

ただ、生まれた子の両親は村人と一緒になって喜べなかった。二人の失望は隠しようもなかった。揺り籠代わりのほつれたハンモックで泣き声を上げる娘の姿を見ながら、二人は顔を見合わせた。生まれた子供は上唇が裂けた三つ口だったんだよ。愛らしい天使の顔も口が裂けていることで台無しさ。両親の心痛を察するかのように、幼子のもとにはいろんなものが届けられた。村の連中はどこかへ行けば、幼子のために必ず何か持って帰った。サポテの実とか、何がしかの食べ物。幼子に着せる服だったこともある。気がつくと、タビタの家では何かがなくて困るようことは一つもなくなっていた。村のみんなが村の総意として自分の分を幼子の元に届けたんだ。幼子の両親はその恩恵を受けた。幼子の裂けた唇は神の意志を表す特別な印だった。幼子が怒りで泣き叫ぶとすぐに雨が降りだすことに、目敏い連中が気が付いた。幼子が泣くと、雨が降って、森が芽吹くんだ。畑には花が嬉しそうに咲き乱れ、辺り一面に芳しい匂いが漂ったからね。「この子が生きている限り、わしらはトウモロコシがなくて困ることはないぞ」フ・メンがそう言った。森から生きる糧を得ている者たちもみな、そうだと思った。

村に幸せをもたらしてくれる娘の面倒をみることは村人の義務だったけど、その子の三つ口を治してやることは誰の眼中にもなかった。それればかりか、ある日、母のネレイダと父のマルガリートはこう宣告された。「あの子は今のままでないといけない。裂けた唇を手術しようなんて考えては駄目だ。そういうふうに生まれたんだから、そのままで死ぬんだ」それが村の総意だった。「雨を降らしてくれる限り、あの子とあんたたちが生活で困ることはないようにしてやる」娘の顔を治すために手術を受けさせてやろうと思っていた両親の望みは、その言葉の前にあえなく潰えたっていうわけさ。

年月が経ち、村の娘も大きくなるべくして大きくなった。空に浮かぶ雲のように白い肌を持ち、うつむきがちな視線で、鼻にかかったスースーと息が抜けるように話すその娘は、村人の目につかないように暮らしていた。家から出るのは、畑の作物が駄目になりそうなときだけだった。その子が近づくだけで畑には雨が降ったもんさ。

だけど、娘が学校に行きたいと両親に言い出したその日の午後から、不幸が始まったんだ。「学校に行ったら、お前はいじめられるかもしれないんだよ」母は娘に言って聞かせた。娘が毎日しつこくせがむもんだから、村が金を出して個人教師を付けてくれることになった。だけど、目を輝かせ始めた娘は納得しなかった。望みは学校に行くことだったんだ。勉強がしたかったわけじゃない。学校に行きたかったのさ。結局、望みは叶えられることになった。生徒たちの親は、村に恵みをもたらすこの女の子を大事にするように、と子供たちに言い含めた。だけど、子供たちは従わなかった。女の子の顔を見るや、笑いだした。突き刺さった苦悩の槍が、娘の心をえぐった。学校の仲間からからかわれる度に、その子の目は曇っていった。娘は何も言い返さなかった。ただ黙って苦しみを飲み込んでいた。「どうしてみんなは私をいじめるの？　私はみんなの家に幸せを届けてるんじゃなかったの？」結局、学校では友だちや一緒に勉強するような仲間は一人もできなかった。「吸い損ない」という残酷で野卑なあだ名が付けられた。娘はそのあだ名を聞く度に心が折れ、泣いてたわ。みんなから仲間はずれにされる辛さに耐えきれなくなったあの子は、村の中にあるセノーテまでゆっくりと歩いていくと、階段のところで目を閉じて、そのままセノーテに身を投げちまったのさ。水中に沈んで行く体から、命は離れていった。

引き上げられた白い小鳥のような体には、罪への許しを請うかのようにたくさんの花が飾られた。村の連中はむせび泣いてたけど、あれは自分たちの未来への不安だったんだろうね。三つ口の娘が死んだことで何もかも失われたんだ。村の連中は最後にみんなで、娘が寝るのに使ってたハンモックに包んで、墓地まで運んでやった。後は村を捨てるだけさ。空から降ってくるはずの水の道が閉じちまったわけだから、村の連中は一人また一人と出て行っちまった。「この村にいても、生きていくのは大変だ」みんなそう言って村を離れて行ったんだ。

生娘エベンシア

私が今のお前位の大きさだったとき、お母さんは私に言ったんだ。

「女に生まれることは、いいかい、罪を背負うことなんだ」

お母さんに言わせれば、私はもともと気が触れている。お腹の中にいるときには何も聞こえない。だから何を言われたかなんて、分かるはずがないって言うんだ。だけど、私には聞こえたし、言われたことをちゃんと覚えてる。お母さんも実際に言ったということまでは否定しない。だから、私はお前にはおかしなことを言わないでおこうと思う。お前の将来をつまらないものにしてしまわないようにね。

出産に向けて体を見てもらっている産婆さんはいろんなことが分かるんだけど、これまでも何度か同じことを言われた。

「エベンシア、お前の体の中にいるのは女の子だね。出産が楽に早く済むように、ちゃんとした姿勢にしといてあげるからね」

私が心配そうな顔をしていると、産婆さんは笑いながら、私の肩を押さえつけて言うんだ。

「心配することなんかないんだよ。私に任せとけば、大丈夫さ」

「心配してるのは自分のことじゃなくて、生まれてくる女の子のことなんです。もしかしたら、おばちゃんが言った変なことを聞いてたかもしれない。聞かれたら大変だから、私が言わないようにしていることを」私はふと思い出した嫌な不安を、慌てて記憶の底に再びしまい込む。それ以上そのことを口にしないようにするために。だから私は壁に人差し指で書くんだ。お前に知っておいてもらいたいことをね。「女に生まれても……罪じゃない」


子供の頃、私はプラシダばあちゃんが重たい薪を背負って、前かがみになって森から帰ってくる姿をよく目にしていた。もともと小さな体が背中の大きな薪のせいで余計に小さく見えたもんさ。私が道の先の方で待っているのに気づくと、ほんの少しだけ顔を上げるんだ。その顔には、荷物を背負って長い距離を歩いて来て、疲れ切ったという表情がありありと見える。よろよろしながら、今にも崩れ落ちそうな足の運びで歩いている。私はおばあちゃんの後ろから付いて行くだけ。私は手伝ってあげられないこと、おばあちゃんを押しつぶしそうになってる大きな荷物を、降ろしてあげることさえできないことが辛かった。「ばあちゃん、私が大きくなったら、ばあちゃんは背負わなくてもいいよ。私が背負ってあげるからね」おばあちゃんに頭のシラミを取ってもらいながら、私はそう言った。するとおばあちゃんは優しく微笑みながら言んだ。「森には行くだろうけど、お前は私の薪じゃなくて、自分の子供と自分の夫の薪を取りに行くんだよ」私はそれを聞いて怖くなった。私は汗だくで、裸足の、しかも汚れた継ぎはぎだらけのウィピル〔首を通す縁と裾に刺繍を施した、女性が着る白い貫頭衣〕を着た自分を想像してしまった。あまりの怖さに私は泣いてしまった。おばあちゃんは笑いながら、私の額にキスをしてくれた。「なんで泣くんだい。そんなのはまだずっと先の話じゃないか」いろんな難題が次から次に降ってくるんだけど、その度に私は、何くそって思った。おばあちゃんの言うことを全部、真に受ける必要はないんだ。いいことだけ聞いてればいいんだ。そう思って、私は自分に植え付けられようとする悪い種にはことごとく反発した。

「私、町の大きなお店で働くために勉強するわ」おばあちゃんは現実にはそうならないことは分かっていても、黙って私の言うことを聞いていた。「もう少ししたら、私、小学校に行くのよね」

そうすると、おばあちゃんは大きな声で笑いながら言った。「いいかい。お前はもちろん学校には行くさ。だけど、卒業することはないよ。私たち女はね、ここが大きくなりだすと、行けなくなるんだよ。他のことを覚えないといけないんだ。学校じゃ教えてくれないからね」おばあちゃんは私の胸を指さして言った。

「私の胸は絶対に大きくならないもん。小学校は絶対に卒業してみせる」そう反論しながら、私の目からは涙が溢れ、頬は濡れていた。

おばあちゃんの予言が私には最悪のものに思えたところで、お母さんがやって来た。私の未来には真っ黒な雲が立ち込めようとしていただけに、私はほっとした。

「あんたたち、何してんだい」何かを訊くというよりは用事を言いつけるためだった。「ほら、エベンシア、あんたは弟の面倒を見るんだよ。庭に連れてって、遊んであげなさい。それから、お母さんは食事の準備を手伝ってくださいね。もう少ししたら、あの人が帰ってくるんだから。きっと、また飲んだくれて帰ってくるに決まってるんだ」

お母さんのやり方は分かっているから、私はげんこつを食らう前に、弟のところへ走って行った。急いでアデルフォを腰に載せた。体は汚れ、鼻水も垂らしたまま、パンツも穿かせないで、そのまま抱きかかえると、いつものように酔っ払ったお父さんが帰って来ないうちに、さっさと外に出た。お母さんはきっとお父さんからこっぴどく叩かれるんだ。飯が熱すぎるとか、冷めてるとか、理由には事欠かない。だから、私たちはお父さんが酔っ払った勢いで、観念したお母さんを叩く音が聞こえないところまで逃げるんだ。

「叩かれたの？　母さん」家に戻ると訊いてみる。案の定、目の当たりが赤くなっている。

「お前には関係ないことだよ。お前は自分のことだけ考えてればいいんだ。他の女のところに行かれるよりは、酔っ払ってでも帰って来てくれる方がましなんだよ」恨むわけでもなく感情をひた隠しにしたお母さんの言葉は、私の皮膚を貫き、私の体の奥に突き刺さった。それは今にして思うと、女の運命を暗示するような、従順であることに対する敵意の種だった。

「大きくなったら、私は絶対に男の人からぶたれるようにはならないわ」男たちに対する憎しみが、毒を塗った矢のような言葉となって、私の口から飛び出した。それを耳にしたお母さんは怒った顔をして私の髪の毛を掴むと、私の体を引き寄せて言った。

「お前、何様のつもりだい。お前の言いようだと、私たち女がやってることはお前には起こらないということになるけど、なんでお前だけそうならないんだい。いいかい、女はね、女として生まれただけで大変なことがいっぱいあるんだ。それだけはよく覚えておきなさい」

お母さんの言葉は、叩かれることよりも、もっと痛かった。だけど、私は泣かなかった。でも、その分だけ憎しみと恨みが体の中で煮えたぎっていくんだよ。

家の梁に吊るされたハンモックに、酔っ払ったお父さんがシャツも着ないで、髪の毛はぐちゃぐちゃのまま、足を大きく広げて、高いびきをかいて寝ている。私はそっとお父さんに近づいて覗き込み、娘が持ちうる限りの憎しみを注いでやる。ふんぞり返って寝ているその姿を見ているだけでうんざりする。私は心底お父さんが嫌い。何て言ったって、お母さんを叩くから嫌いなんだ。

そんな私を見つけると、お母さんは私の気持ちを察して、私を叱るんだ。

「お父さんのせいじゃないんだよ。悪いのは私たちなんだ。私たちが女として生まれたからいけないんだ」

　お母さんの理屈が私の頭の中に入り込まないよう、私は頭を掻きむしり、手で叩く。古くなった自分の家の床を足で蹴りつける。それが五歳の娘にできる最大限の怒りの表し方だった。私は、女を叩くだけしか能のない男に痛めつけられながら、次の日の食べ物すら買えないで、薪の山に埋もれて生きていくなんて我慢できない。だけど実際には、明日には食べ物を買うお金さえなくなるかもしれない。そうなったら、私はお母さんと一緒にシルエラ〔梅の一種〕を売りに出ないといけない。二日酔いから治って、仕事に行った父さんが戻ったら、煮た豆の少しくらいは食べさせてやらないといけないんだから。


　みんなを喜ばせてあげようと思って、夜が明けるとすぐに私はシルエラの木に登って、売りに持って行くための実を採っていた。シルエラの実だけを見ていたものだから、お母さんが怖い顔をして近づいて来てるのに気が付かなかった。突然、お母さんから怒鳴られたんだ。

「馬鹿たれ、お前は一体何をしてるんだ？　木に登っていい、って誰が言ったんだ？　女が木に登っちゃいけない、ってお母さんは言わなかったかねえ。女が木に登ったら、実にはすぐ虫が湧くんだよ」

　そりゃあ、びっくりしたさ。「私、知らなかったの、母さん」私はただ泣きながら、なんども同じ言葉を繰り返した。「私、知らなかったの。本当よ。そんなこと知らなかったの」私は家の中に走って逃げながら心配した。シルエラの実に虫が付いたら、売るものがなくなっちゃう。どうしよう、ってね。家の中ではおばあちゃんが床に腰を下ろしてトウモロコシの穂から実をもいでいた。黄色い種が足を広げたウィピルの上に落ちていた。「ばあちゃん、女って悪いものなの？　私たちが食べる木の実さえ、駄目にしちゃうの？　私、知らなかった」おばあちゃんは泣いている私を引き寄せて抱きしめてくれた。私はおばあちゃんの腕の中で丸くなった。「そうだよ、私たち女はね、悪い種なんだ」「どうしてなの、ばあちゃん」私がそう訊くと、おばあちゃんは私をじっと見つめてから、私のウィピルの下の方を指さしながら優しい声で言った。「それはこれがあるからだよ。これのせいなんだ。私たちには生まれた時から、割れ目があるだろ。それを自然は受け付けないんだ」「でも、私がどんな悪いことをしたっていうの？」私はいつものように抗議した。「誰も悪いことなんかしちゃいない。それが私たち女の運命なんだよ」それは無慈悲ともいえる、おばあちゃんからの宣告だった。

毎日やることがいっぱいある。豚の餌やり、鶏の世話、服の洗濯、日銭を稼ぐための他人の服のアイロンがけ、昼からはよその家を回ってのトスターダ〔油で揚げたトルティージャもしくはその上に具材を載せた食べ物〕売り、弟の遊び相手。たくさんある。だけど、それを全部やれば学校に行かせてもらえる。私は字が好きだった。字は言葉を紡ぐ糸のようなもの。組み合わせると、まるで命を吹きこまれたかのように私に話しかけてくるんだ。私は文字を一つずつ指さしながら、命を吹き込んでやる。文字にはぬくもりと優しさがある。だから私は文字が好きなんだ。

「母さん、見て。これ、バーカ〔牛を意味するスペイン語vaca〕て読むんだよ。これはね、私の名前。エーバ。母さん、私、少しは読めるようになったでしょ」お母さんの目はあまり嬉しそうではない。私の嬉しさを分かってくれない。「いろんなことを知るのはいいことじゃないんだ。無知でいることの方が最大の防御になることもある。だけど、お前はもう学校に行っちゃってるからね」「学校行ってるよ」私はお母さんの最後の言葉だけを繰り返す。私が笑うとお母さんも笑った。やっと喜んでくれた。

「おばあちゃんが生きてたら、私が字を読むのを見て、きっと喜んでくれたわよね」

「でも、もういないだろ。死んじゃったからね。お前が一番いて欲しいときなのにね。さて、私はこれから森に薪を採りに行かなきゃいけない」

「私も一緒に行く」

「いいんだよ。お前はアデルフォの面倒を見ないといけないだろ。お父さんが戻ったら、食事を出しとくれ。いいかい、忘れるんじゃないよ。お父さんは熱々のトルティージャが好きだからね」

「でも、私、トルティージャ作るの苦手なの。お父さん、私のトルティージャは団子だって言って、放り投げるんだもん。それから私の顔を叩いたり、髪の毛を引っ張ったりするのよ」お母さんには私の気持ちが分かってもらえないのは分かってても不満をぶちまける。

「そのうちできるようになる。できるようになるさ。優しい言葉をかけられるより、叩かれた方が覚えるのは早いんだ」

学校に行くのは大好きだった。そこにいると私は幸せになれるんだ。いろんなことを質問して、いろんなことがたくさん学べるからさ。学校に行けなくなるのは嫌だから、体を洗うとき、私はそっと胸の大きさを確かめてた。まだおとなしくしている。大きくなってない。よかった、て思うんだ。私は学校に行きたいわけだろ。あんまり嬉しいもんだから、歌まで作っちまってさ。

ばあちゃん、私、幸せだよ
胸、膨らまないよ
うれしいな

するとお母さんが怪訝そうな顔で私を見ながら言うんだ。「そりゃ何の歌だい？　お前、頭おかしいんじゃないのかい」私は家中に響くくらい大きな声で笑ってから言ってやるんだ。「そうかもしれないわ。私はとっても変なの、母さん」

あるとき、庭にいたときなんだけど、ウィピルをめくってみると、股の間から一筋の血が流れていた。私はお母さんを探しに家の中に駆け込んだ。でもお母さんはいなかった。出かけていたんだ。私はぼろ布を脚の間に挟んで、台所にハンモックを吊るして、その中で丸くなってた。血が止まらなくなってそのまま死ぬんじゃないかって心配だった。私は身じろぎもせず、声を出さずに静かに泣いてた。するとお母さんが戻って来て訊いた。「どうしたんだい？」私は返事をするでもなく、ウィピルを捲し上げて流れている血を見せた。「来ちまったんだね。もう学校には行けないよ。月経が始まったんだ」私は悲しくて泣いた。血が流れていることなんか、もうどうでもよかった。私には学校に行けないことの方が問題だった。「体を洗っておいで。ナプキンを付けておきなさい。それはなんでもないよ。誰にでも起こることなんだ。あんたがおばあちゃんになるまで、それは毎月来るんだよ」お母さんは私に言った。体の成長が私に追いついてしまったんだ。火で書き記された運命は私が逃げ延びることを許してくれなかった。私の身に起こることを私はいつも恨みたくなる。身の毛がよだつほどの憎しみを感じる。だけど、だからと言ってどうにかなるわけでもない。けりをつけるためには我慢するしかない。「洗ってくるわ。それから教理問答に行ってくる」するとお母さんが怖い顔をして私の前に立ちふさがった。

「駄目だよ。月経中の女は教会に入っちゃいけないんだ。穢れてるからね。罪を犯すことになる。聖なる教会への冒涜だ。それにお前はもう生娘じゃない。教理問答も要らないんだよ」

「神様がお決めになった、誰にでも起こることなんでしょ。お母さんはそう言ったけど、どうしてそれが罪なの？　聖母様には私と同じことは起こらないの？」

お母さんは私の頬を引っ叩いた。それは確かに痛かったが、それ以上に私の心を傷つけた。私の生みの親なのに、これ以上ないというくらいに怒ったお母さんは私を睨み付け、私の頭を揺すりながら言った。

「いつまでもそんな馬鹿なことを言ってたら、そのうち痛い目に遭うよ」お母さんは私の人生を予言したんだ。

私は二度と学校に行けなかった。学校をやめたことで私の人生は変わった。女として生まれることは苦しみであることがやっと分かるようになった。特にこれくらいの年の女の子にとってはえらいことだ。学校に行けなくなることは結婚できる女のリストに入ることを村の人たちに周知するようなものだからね。いつ何時、乱暴な男に襲われるかもしれない。男たちはみんな、私たちを娼婦か尻軽女だと思ってる。女を抱くためなら、どんな言葉をかけたって気にしないんだ。

「ねえちゃん。いつだったら、キツネを捕まえに行っていい?」

「あんな奴らがなんで生きてられるのか私には理解できない。大嫌いよ。滅んでしまえばいいわ。そうでなければ、私が修道院にでも入ってしまいたいくらいよ」私は家族の前でよく不満をぶちまけてた。

でも、私の気持ちを理解してもらうのは村のセノーテの底から宝石を拾い上げるようなもの。そんなこと一生かかったって私にはできっこない。

「物事はよく考えてから言いなさい、エベンシア。そんなこと言っても、いいことは何もないわよ。むしろ、逆に酷い目に遭うことになる」お母さんはこれまで私に何度も言ってきたことを繰り返した。「お前は全然変わらないんだね。小さい頃からずっと毒づいてばかりじゃないか」
私はお母さんの言葉でへこたれたりなんかしない。むしろ、お母さんの言葉は私への励ましにさえ聞こえる。

私は決して好きで結婚したわけじゃない。最初はそれとなく、まだ恋人はいないのかと訊いてくるだけだったけど、しびれを切らした両親は私に最後の切り札を出した。乗る船を早く見つけろ。この家にいつまでもいてもらっては邪魔だ、て言うんだ。だって仕方ないじゃないかい。いい人がいないんだもの。物事ってうまく行かないものだね。よりによって最悪のババを引いちまった。私を家から連れ出したのがお前の父さんになる人だ。私のお父さんよりひどかったんだ。天を仰ぎて唾せんに、唾、還って己が身を汚す、とはよく言ったものだよ。最初のうちこそ、あの人は働き者に見えた。だけどすぐに化けの皮が剝げちまった。何の役にも立ちゃしない。毎日飲んだくれて。全く、毎日だよ。一度私を叩こうとしたことがあるんだけど、それだけは許さなかった。「私に手をあげるんじゃないよ、フィデリオ。そんなことしたら、あんたを殺してやるからね」そう言ってやった。だけど、返事もせずに襲いかかってきた。私の顔を拳骨で殴って怪我をさせたあげく、突き飛ばしたんだ。やっとの思いで庭まで逃げ出したんだけど、私はすぐに棒を手に取って家の中に入った。そして、ハンモックに寝ているあの人を力の限り叩いてやったんだ。「俺を殺す気か」て叫ぶもんだから、隣の家の人たちがやって来て、怒り狂ってる私を三人がかりで止めてくれた。私の怒りが収まったと思ったあの人は、痛くてたまらないから医者に連れていってくれ、て私に頼むんだ。「あんた、それでも男かい」て私は言ってやったんだ。しかも、二度と手を上げないように釘を刺してやった。「私にまた手を上げてごらん。こんなもんじゃ済まないからね。私は刑務所に入れられたって構いやしないんだ。あんたを殺そうと思ったら、絶対に殺してやるからね」意気地なしのあの人は分かったと言った。だけど、本当を言うと、私も怖くて震えていたんだ。

私を殴ってから数日後、あの役立たずはいつものようにまた酔っぱらって帰って来て、飯を出せ、て言うんだ。私は一掴みの米と豆を皿に乗せてテーブルに置いてやった。

「何だ、これ?」て、とぼけたふりをして訊くんだよ。

「飯を炊く薪がないんだよ。あんたの母さんのパンツを燃やして飯を炊けって言うのかい」私は精一杯の平静を装ってそう言ってやった。

あの馬鹿、今度は被害者面するんだ。女はみんな森に薪取りに行くもんだとか、私が夫を殴ったことは村のみんなが知ってるだとか、私は人を罵ることしか知らない女だとか、私のことを散々に言うんだ。私はあの人の文句の続きを遮って言ってやった。「女はみんながみんな物売りに出る訳じゃないんだ。私はあんたがまだハンモックでぐうたらしてる朝早くから出かけてるんだよ。なのに、さらに、薪取りに行け、て言うのかい?」それでもあの人は文句を言うもんだから、引導を渡す前に、被害者だという夫の嘆きを一通り聞いてやった。「言いたい人には好きなだけ言わせておけばいいんだ。この家を守ってるのは私なんだ。私は朝早くにメリダまで出かけて市場でものを売っている。その間あんたは酔っぱらってるだけじゃないか。それが気にいらないんなら、あんたの子供なんか産んでやらなくたっていいんだよ」何でそんなことを言ったかっていうと、私をラバだって抜かしやがったんだ。実際のところ、結婚して二年も経つというのに私には子供ができなかった。他の女は子供がわんさかいるというのに、私には一人もできなかったんだ。

私はスズメバチなんだ。だから、私は怒らせない方がいい。怒らせたが最後、針を抜いて襲いかかるからね。だからきちんと説明してやったんだ。

「私に子供ができないのはあんたがやり方を知らないからだよ。最初のときからあんたは酔っぱらってたじゃないか。いつまで経ってもずっとそうさ。いつになったら、まともにできるんだい。あんたは実はホモセクシュアルなんだろ。それにあんたのは飲みすぎのせいでもう役に立ちゃしないんだろ」言ってしまったものは仕方ない。後は最後まで全部言うしかなかった。「あんたが心を入れ替えて、男としてきちんと仕事をしてくれないんなら、これからは私に指一本触れさせないからね」

多分、私の説教が効いたんだと思う。でなきゃ、あり得ないだろ。お前がいるんだから。今じゃ、朝の四時に起こしてやるんだ。「箱を運んでおくれ。市場には早く着かないといけないからね」一つ言っておかなきゃいけない。あの人、自分でミルパを作るための土地をもらってきたんだ。だけど、全然駄目なんだ。陽に当たると目眩がするし、畑仕事をすると気分が悪くなるって言うんだ。畑は単なるお飾りさ。仕方ない。もう一人分のバス賃を出さないといけないけど、市場に引っ張って行くんだ。何かの役に立つかもしれないからね。でも本当のところは、役に立つとはとても思えない。


お腹が大きくなり始めてから、お母さんは何て言うか、思い切って訊いてみた。

「母さん、私、子供ができたの。女の子みたい」お母さん、つまりお前のおばあさんにそう言った。

「それでお前うれしいのかい？」お母さんは厭味ったらしい返事をした。

私は即座に言葉を遮って、それ以上は言わせなかった。

「母さん、言わないで。それ以上言わないで。そんなこと本当じゃないんだから。生きるって大変。でも罪を背負ってるからじゃないわ。絶対に違う。女は黙って耐えるだけのために生まれる、て私たちは無理やり教えこまれてるだけなのよ。男の人たちだって、男というのは酒をたくさん飲んで妻を毎日叩くもんだ、て頭に叩きこまれてるだけなのよ」

「お前がそう言えるのは、お前の旦那がだらしないからだよ」

「違うわ、母さん。私が見つけた人は私が手伝ってあげたから男になれたのよ。きっとお母さんには理解できないと思うけど」


不思議でも何でもないんだけど、私たちはいつも喧嘩してる。考え方が違うのよ。私が思ってることとお母さんが思ってることはいつも違う。お月様が大きくなったら、私は外に出てその光を浴びる。それって、みんなも、いいことだって言ってる。気持ちがいいんだ。月の光を浴びながら私は思うんだよ。男と同じくらい働いてる女は同じ扱いをしてもらってもいいはずだ、て。別に私は誰かに喧嘩を売ろうとしているんじゃないんだ。ただ、私にはそういうふうに思えるんだよ。それに私の頭はおかしくなんかない。お母さんはおかしいって言うけどね。

今、私たちはバスに乗って市場に向かってるところ。バスの中にはぐっすりと眠っている人もいる。窓からはお月様が微笑んでいるのが見える。お腹に手を当てていると、お前がいるだろ、そしたらお前の将来のことを考えてしまうんだ。もしフィデリオがこのまま今までみたいに私の手伝いをしてくれたら、お前は村の学校で勉強をして中学校に進めるかもしれない。もしかしたら、もっと勉強して大きな店で働くという私の夢を叶えてくれるかもしれない。お前には、おばあさん、つまり私のお母さんと同じプラシダという名前を付けてあげてもいい。駄目だ。嫌がるかもしれない。でも構うもんか。名前を付けただけで、おばあさんと同じ諦めの道を歩むことになるわけじゃないからね。お月様を見ながら、私はお月様に向かってつぶやく。「あんたは私のことを分かってくれるよね。だって、あんただって私と同じ女なんだから」

いいかい、世界には大変なことがいっぱいある。だけど私には分かるんだ。女として生まれると確かに大変なことがいっぱいある。だけど、それが罪を背負って生きることだというのは大外れだよ。

老婆クレオパ

みすぼらしいその小さな掘っ立て小屋は、壁に打ち付けた木の板はすでに虫に食われ、屋根の代わりに載せた段ボール紙にもたくさんの穴が開いている。風が吹くだけで今にも崩れ落ちそうなその小屋は、肥大した州都の、存在すら忘れられた怪しい貧困地区の一角にある。前方に傾いたその家には埃っぽい道路に向って開く小さな扉がある。それが開くと、まるでねずみが口を開けたかのように暗い穴が開く。家の前の道路は、昼間は人通りも少なく土ぼこりが舞い、夜になると真っ暗になり静まり返る。老婆クレオパは毎日その暗い穴から抜け出て、街の北部に暮らす富裕層の人たちの家々を回って洗濯やアイロンがけをする。彼女の家と彼女が働く家とは比べようもなく、その差は絶望的なまでに歴然としている。彼女の生活条件は言うに及ばない。用を足した後はそれをビニール袋に入れ、彼女が住んでいる地区までやってくるバスの停留所までよろよろ歩いていく途中、どこか適当な空地に毎日放り投げる。何年もきつい仕事に耐えてきたが、貧困から抜け出すことは叶わず、貧困に絡めとられたままだ。彼女の手と心には決して消えることのない傷だけが深く刻まれている。すでに背中は曲がり、目もよく見えなくなりつつあるのだが、それでもなんとか毎日仕事にありつけている。それは仕事をくれる人たちが上流階級であるがゆえに、その仕事を自分たちですることは絶対にないからだ。

　幸せだとは決して言えない。だが、自分は幸せな人生を送っているんだと思って気を紛らせる。「あの人たちには金がいっぱいある。捨てるほどの金を持っている。だけど、幸せじゃない。それに比べて、私は死んだときに入る墓さえない。それでも私は十分に幸せだ」午前中に始めて、お日様が地平線の向こうに浮かぶ雲の寝床に入る頃に終える、一日の仕事で得られるわずかな収入を数えながら、彼女はそう自慢する。唇は干からび、歯もほとんど残っていない口を開けて、時折力なく、何かの感情を込めるでもなく、むしろ諦め顔で笑う。開いた口からは服従の嘆きにも似た、酸化したリンゴのような強烈な臭いが漂ってくる。それは、命を繋ぎ止めている細い紐がいつ切れてもおかしくない、老人特有の匂いだ。マヨネーズの空き瓶に油を入れ、ぼろ布を芯の代わりにした簡易石油ランプの青白い灯りの下で、彼女は一日の稼ぎの小銭を何度も何度も数える。お金を貯めることが叶わない夢であることは百も承知だ。お金が少しでも貯まり始めると、遠くからでも臭いを嗅ぎわけられる犬のように、セベリアーノという名前通りの無慈悲な孫が姿を現すのだ。

　この血も涙もない孫から罵られ、何度も叩かれるうちに、老婆は運命に逆らうことは無駄であると思うようになった。自分が不快な気持ちにならず、また悲しまないためには、酒と麻薬でボーッとした顔で目を赤くはらし、しどろもどろの状態になった孫が部屋にやってきたら、孫と目が合う前に聖母グアダルーペの写真が置いてある祭壇のところへ行って、貯めたお金の入ったビニール袋を取り出し、孫にさっさと渡してしまう方がいい。少なくとも、そうすれば老いさらばえ、やせ細った体をさらに痛めつけられることはないのだ。「人は叩かれて学ぶんだよ」ごろつきの孫がガタガタになった扉から出て行くと、老婆はひとり呟く。その後、いたずらっぽい子供のように、歯のない口を開けて笑いながら小さな部屋の片隅に行って土鍋を持ち上げると、見つからないように底の方に隠してあった小銭を取り出す。「全部やるほど、私は馬鹿じゃないよ」老婆の喉の奥から漏れ出る無邪気な笑い声が、外に吊るされて錆びついた空き缶がぶつかり合った時に出すような音となって、部屋の中にこだまする。彼女は今まで無数の仕打ちを受けてきただけに、これはたった一つではあるが、そうした仕打ちへのささやかな勝利だ。それは彼女を幸せにしてくれる勝利なのだ。それゆえ、彼女は昔覚えた歌を思わず口ずさんでしまう。それを歌っていると、幸せだった昔のよき日のことが蘇ってくる。夕暮れのほのかな暗がりに包まれようとしているわずかな持ち物の合間を、彼女はゆっくりと行ったり来たりする。ハンモック、腰掛二つ、小さなテーブル、竈の火、積み上げられた薪、炭のこびりついた鍋、水の入った瓶、物憂げで寡黙な目をして辺りを見守っている聖母の写真。これが彼女の家の中にあるもの全てだ。彼女の喜びもやがては、竈にくべた薪が燃え尽きてしまうのと同じように、消えていくのだが、彼女が喜ぶ、その一瞬の姿を知っているのはこれらのものたちだけである。

　貧困は彼女が生まれたときから、遺伝による堆積物のように血液となって体の中を流れている。長く辛い人生を耐えてきたこの老婆でも、はるか昔自分にも幸せな時代があったことを思い出し、その幸せな子供時代を過ごした村に思いを馳せることがある。思い出せるのは、実際に幸せだったからだ。少なくとも、母親が死ぬまではそうだった。彼女は思春期を迎えたばかりだった。もぎたてのシルエラの味、熟したグアバの匂い、塩とチレをまぶしてレモンの汁をかけた輪切りのヒーカマ〔メキシコ原産のマメ科の多年生草本。塊茎状の根が食用となる〕を歯でかじった時に出る音。これらは彼女に子供時代の悦楽を蘇らせる。

「味が全然違う。やっぱり、自分の村のが一番だね」そう思えるのも束の間、思い出の熾火を掘り起こしていくと、突然熾火が燃え上がるように父親が飛び出す。自然の掟に反して夫となった、彼女の実の父親だ。子供に対する愛情を欠いていた父親は、母親がいなくなったある日の晩、彼女を自分のハンモックに連れて行き、服を剥ぎ取ると自分の女にした。処女を奪ったのだ。「ほかの男よりはましだろ」父親は言い訳のつもりでそう言った。もともと父親に対してさほどの愛情を感じていなかったのだから、夫となればなおさらだ。父を憎んだ。記憶の中でその男は無愛想な顔をした寡黙な、だが典型的な男として立ち現れる。理由があろうがなかろうが、とにかく妻を叩く男だ。父親と夫婦関係を結ぶことになったことで、彼女は現世だけでなくあの世の天国からも追放された。苦しみと恥ずかしさが彼女の心に住みついた。どこかに立ち止まる度に、自分はどこかが欠けた食器か、汚れが落ちてないのでもう一度洗わないといけない食器のような気がした。村の人たちはみんな、セベリアーノが自分の実の娘を妻にしたことを知っていた。二人は地獄に落ちることになると蔭でこそこそ言う人がいたのはもちろんだが、多くの人にとって、それはことさら騒ぎ立てる必要もない、どこにでもある取るに足らないことだった。彼女は不愛想で、内気な、とっつきにくい女になった。村人たちと顔を合わせても下を向いたままで、地面か足元ばかりを見ていた。彼女自身、世の中の罪の全てが自分一人の背中にのしかかっているような気がしていた。たった一人、彼女に救いの言葉をかけ、罪を贖うためにアベ・マリアを唱えなさいと言ったのは、数カ月に一度村にやって来る教区の司祭だった。その神の下僕は彼女の懺悔を丁寧に聞いてやった。そして、彼女を思いやるでもなく、しかし言葉を選びつつ、こんなことを言った。「それはあなただけが犯したことではありません。聖書が書かれて以来ずっと起こってきたことです。多くの人にとってそれは罪です。でも、それを必要とした人もいるのです。あなたは幸運です。お父さんはあなたの中にお母さんが果たすべきだった役割を見つけてくれたのですから。あなたを許しましょう。さあ、お行きなさい。これ以上、罪を犯してはなりませんよ」救いをもたらすはずのこの男の言葉は彼女を励ますどころか、不幸の細く痛い糸で織られた運命のぬかるみのさらなる深みに彼女を沈めた。あたかも彼女の苦悩の沼にはまだ水が不足しているかのように、さらなる雨が降り続いた。妊娠したのだ。女性にとって妊娠することは人生の貴重な経験になるはずなのに、彼女にとってそれは自分が望んだものでないばかりか、死にも値する屈辱であった。自ら死のうと思ったし、また生まれてくる子供を殺してしまおうとさえ思った。心からそう思った。まだ幼い彼女は無邪気に何度も息を止めてみた。しかし、結局は胸が苦しくなって、意に反して息を吸ってしまうのだった。「お腹の中にあるものに何かすれば、取り出せるかもしれない」何とかならないかとあれこれ考えた。女たちが流産するために使う薬を隠れてこっそりと飲んだ。ヘンルーダやポモチェ、オレガノ、パイチェなどいろんなものを煎じて飲んでみた。だが、どれ一つとしてうまくいかなかった。こっそりと産婆のところに行き、子供をおろしてくれるように頼んでもみた。しかし、産婆は罪深い母を持った子供を憐れむかのようにお腹の子供に対して十字を切った。

「お前さんがやろうとしていることは、お前のお父さんがしていることよりも重い罪だよ。お前さんは自分の体を守ろうと思えばできるけど、お前さんの体の中にいる子供にはできないんだからね」産婆は彼女には何の同情もせずにそう言った。

それでも完全には諦めきれなかった。子供が生まれないことを願い続けたが、願いは叶わなかった。マルティーナが生まれたときも、死んでくれればいいと思った。単に思っただけでなく、赤子を悪い風や痛みから守ってくれるという魔除けさえ取って捨てた。生まれたばかりの子供を悪い風から守るために家の入口に置かれるパイナップルの葉っぱを彼女は引きちぎって捨ててしまったのだ。その日の夜は自分の不幸と苦悩の重みに打ちひしがれた。目からは涙が止めどもなく流れた。顔を濡らしたこのしょっぱい水は彼女の悲しみを少しも洗い流してはくれなかった。その夜彼女は、こんな悲しみは二度と起こさせないと誓った。その気持ちのあまりの激しさのせいか、生命が持つある不思議な力によって、彼女のお腹は干上がり、生命を宿すことのない石のようになった。

彼女の恨みと苦悩と怒りは、娘が繰り出す愛くるしいいたずらによって、一旦終止符が打たれた。愛情を注ぐうちに、一度なりともその子がいなければいいと思ったことを後悔さえした。片時も手から離さず、娘の面倒をみた。ヘッツメック〔生後数ヵ月後に行なわれる「足・知恵」開きの儀礼〕の儀式も一歳の誕生日のお祝いもなんとか頑張ってやってあげた。娘が成長するのを見ることが彼女の喜びとなった。むしろ、娘は自分の体の一部であり自分の生活そのものであるかのように感じられた。年月が経ち、自分と娘にとっての実の父親が、大事に育ててきた娘を妊娠させたという話を人伝てに知ったとき、彼女の苦悩と不幸が溢れ出すのを堰き止めていたダムは決壊した。父親に対する憎しみが改めて激しく噴き出した。開いた傷口に塩を擦り込まれたかのように、その話は彼女を激しく苛んだ。理由は聞くまでもなかった。父は、彼女が自分の前に現われたとき、その目を見ただけで、彼女が何に対してどれだけ怒っているのかを察していた。だが、「男だから、やりたくなったんだ」それが、傷ついた母にして、屈辱を受け怒った妻の抗議に対する、父であり夫である男が発した唯一の答えだった。クレオパは目に見えない大きな手で押しつぶされたかのようにうな垂れ、その場に力なく崩れ落ちた。父は立ったままクレオパの様子を伺っていたが、彼女は顔を上げなかった。

「あたしが子供だった時、あんたは同じことを私にしたんだ。あの時あんたは若かったかもしれないけど、もう若くないじゃないか。何であの子にまでこんな酷い目に遭わせなきゃいけないんだ。私にしたことは全部許してやったけど、今度は絶対に許さないからね。町の役所に行って訴えてやる」屈辱を前に膝を落とし両手で顔を押さえたままの彼女は、大粒の涙を流しながらそう言った。

「お前の好きにすればいい。わしにはもう若い妻がおる」これが心ない男の返事だった。そう言い残して住んでいた家から出て行った。

母と娘の間に反目は特に生まれなかった。逆境という共通の絆が二人を結び付けた。二人の運命は自分たちの意思とは無関係なところで他人の手によって書かれたものであり、それに逆らうことなどできないように二人には思えた。「この世では女は自分の身一つ守れない」クレオパは頭を手で押さえながら、村の人たちに聞こえるように力の限りに叫んだ。二人は長い時間抱き合うことで自分たちの不遇を封印した。マルティーナの子供が生まれたとき、気まぐれから子供にセベリアーノという名前を付けた。「これでこの子の父親が誰だかみんなに分かるわ」若い母親は理由をそう説明した。クレオパは公にこそしなかったものの、町へ訴えに行った。彼女が訴えたという噂は即座に村中に広まった。「クレオパの気違いが自分の夫を町の法務省に訴えた。なんでも自分たちの娘を孕ませたかららしい」訴えられた当の本人は知らんふりをしたし、こうも言った。「そんなことで処罰なんかされんだろ。犯罪じゃない。誰が気違いの言うことなんか相手にするもんか」だが、いくら動きの鈍い役所とは言え、訴えた女たちがインセストの証拠を腕に抱えている以上、男の思い通りになるはずもなかった。役所は法的手続きを進めた。二人の父親は白昼、畑で仕事をしている最中に逮捕され、州政府の刑務所に送られた。村の者たちは、父親にして夫であるこの男のやったことよりも、むしろ自分たちの人生がめちゃめちゃにされたという理由で、身内を刑務所に入れた彼女らの行為を非難した。村長は強い口調で言った。

「自分の夫を刑務所に入れるような奴らはこの村には暮らさせない。セベリアーノのやっとることがいいことか悪いことか、わしは知らん。だが、食い物がないとか大事にしてもらえないとか言って、文句を言ってはいかん。そんなことで人を罰することはできん。それにあんたたちのやったことが前例となって、他の女たちが同じことをするようになっては困る。女ははるか昔から男の前を歩いてはいかんと決まっとるんじゃ」村長は二人に面と向かって言った。

マルティーナは若気の至りから、村長に対する敬意も払わずに言い返した。

「どうぞ、ご心配なく。村を大事になさってください。私たちこそ、豚に好き放題やらせるような薄汚い村になんか住みたいとも思いません。もしかしたら、あなたも自分の娘さんに同じようなことをしていらっしゃるのではないですか」

「私はただ伝統を守ろうとしておるだけじゃ。男はそのためにおるんじゃよ。何をするべきかの指示を出し、うまく行かなければ、次の指示を出すんだ」村長は背を向けると、女たちの反論を待たずに出て行った。

かつての幸せな時間はすでに過去のものとなった。数カ月もしないうちに二人は村を捨てることになった。村では鼻摘み者になったのだ。仕方なく、男が持っていた土地を二束三文で売った。飼っていたわずかな牛や豚も付け値で処分した。手にした僅かな金を持って、他に住む場所を探した。しかし、石がゴロゴロころがり、草が生い茂る、住むには適さない荒れはてた場所しか見つからなかった。弱者が暮らすこの貧民地区には世の中の浮浪者たちが集まっている。肥やし売り、市場の物売り、ゴミ拾い、土売り、竿売り、薪売り、し尿の汲み取り、下水掃除屋、洗濯女、アイロンがけ女といった町の汚れを取り除く仕事をする人たち、そして娼婦。卑しい者と考えられ、見下されるこうした労働に従事するのは、みな自分たちの村から追い出された人たちだ。マルティーナは手っ取り早く、一番最後の仕事を選んだ。仕事に行くため、息子の面倒は母に任せた。何とか生活は成り立っていたが、ある晩うなだれて帰ってくると、顔も上げずに母にいくらかの金を渡した後、事の次第を告げた。

「セベリアーノが刑務所を出所したの。私を連れに来たわ。プラヤ〔出稼ぎ労働者が多いユカタン半島東部の観光地〕に一緒に行こう、て言うの。私もこんな生活続けるの嫌だし、彼と一緒にいれば今の仕事だってやらないで済む。子供は置いていくわ。余裕ができたら迎えに来るから」そう言って、出て行った。結局、子供を迎えに戻って来ることはなかった。

　クレオパは何とか仕事を見つけて働いた。仕方がなかった。彼女は片道切符で村を出て来てしまったのだ。助けてくれる人など誰もいない。すべてを生まれた村に捨ててきた。もう村に戻るすべなどないのだ。朝方、安心して仕事に出かけられるよう、子供は古いテーブルの脚に括り付けた。手の届くところにその日の分の水と食べ物を置いてやった。夜帰ってみると、子供は自分の排せつ物にまみれて眠っていた。体を洗ってあげてから、ハンモックに寝かせてやる。そうした生活がしばらく続いたが、やがて子供は結んである紐を自分で解いてしまえるまでに成長した。そのうち小僧は、食べ物を食いつくし水がなくなると、外へ飛び出していくようになった。そうやって、セベリアーノは家の外を知るようになり、悪いことを覚えた。やがて外で悪いことをしては刑務所に連れて行かれるようになった。だが、それはクレオパ自身が仕事のために家を出入りするようなものだった。彼女が自分を警察に突き出したりしないことが分かると、彼女が自分たちの生活のために汗水たらして稼いでくるわずかの金を盗み出すようになった。よその家にも盗みに入るようになったが、それでも金が足りなくて、老婆が持っていたわずかな家財道具も容赦なく持って行って売った。アイロンや鍋、包丁、椅子が全部消えた。「どうしようもない。これは全部私が招いたことだ。父さんのセベリアーノが私に手を出したとき、止めさせておけばこんなことにはならなかったんだ」そういう彼女の声はか細く消え入りそうだ。動き出さないように記憶の片隅に麻酔をかけてしまってある罪悪感を起こしてしまうのが怖いのだ。

　子供を育てる歳月と労働は彼女に重くのしかかった。洗濯板を使った洗濯を続けたせいで、彼女の背中は曲がってしまった。「裕福な人たちは服の洗濯に洗濯機を使うのを嫌がる。私が使ってもらえるのは、洗濯の仕事がないか訊いて回ってる時に、手で洗うって言うからなんだ。それに私は漂白剤を使わないし、白い服には白さが際立つように蛍光剤を使う」一日の仕事を思い出しながら、彼女はそう自慢する。彼女は刺繍をするのも上手だったので、クロスステッチ刺繍の仕事もたくさん請け負った。しかし、そのせいで目を悪くしてしまった。「刺繍をするのはとても楽しい。刺繍をしていると、果物の匂いやレジェーノ・ネグロ〔七面鳥、豚のひき肉、ゆで卵を炙った乾燥唐辛子ベースで煮たスープ〕の味、リモナリア〔ミカン科ゲッキツ属の柑橘類〕の香り、セノーテの冷たい感触が蘇ってくる。だけど、もうほとんど思い出せない。

思い出にかさぶたが被っちまった。また刺繍ができるようにでもなれば、風が吹くと埃の舞い上がるあの村の道を歩いてるときの感覚も蘇ってくるんだけど」地面を見つめていて昔の光景がふと脳裏に浮んだが、クレオパは力なく、太陽が出る方角に目をやった。

　忘れられたこの場所では、夜になると暗闇が全てを支配する。夜空に星が燦然と輝き、上り始めた満月から降り注ぐ白銀の光で辺り一面が照らし出されると、暗闇は恥ずかしそうに隅の方で小さく丸くなる。毎日着ているせいで赤いバラの花と緑の葉っぱの刺繍が擦り切れてもうほとんど残っていない、使い古されたウィピルを着た老婆は、両手を合わせて口の前に持っていき、リズミカルに息を吹きかける。自分の人生を振り返るかのように夜の暗闇を見つめている。そして、観念したかのように地面に視線を落としたまま言う。「いいかい。生きるって捨てたもんじゃないんだ。確かに始めの方で失敗してしまうと、後はもう修正が効かない。だけど、生まれは貧しくても高貴に生きられるんだ。なんて言ったって、神様がいる限り、神様は私たちのことを見捨てたりしない。全ては神様が私たちにお与えになる試練なんだ。私はもうこんなに年をとってるだろ。でも、生きてるだけで、嬉しいこともまだあるんだよ」（老婆の痛々しい笑いがみすぼらしい家の中に吸い込まれていく）〔これはスペイン語版からの訳。マヤ語版では「老婆が大声で笑うことで、地上にもう一つの新しい太陽が目を覚ます」〕。「私はずっとここにいるよ。歩けるうちはね。金がなくて酒と薬に困るようなまねはセベリアーノにはさせない。それであいつは駄目になるかもしれないけど、それも仕方ないだろ」老婆クレオパは、その日やった仕事の内容を思い返しながら、粉コーヒーの瓶で作ったランプの灯を消しに行く。

家の外では夜空に星が輝き、コオロギと蛙が鳴いている。辺りには乾いたノスタルジックな空気が流れている。掘っ立て小屋は以前よりも傾きを増したようだ。老婆クレオパの心配をしているのは、多分このみすぼらしい家を支えている、古くなったつっかえ棒たちだけなのだろう。

見張りを頼まれた悪魔

イノセンタ・クシンが住む椰子の葉で葺いた家は、名前さえ付いていないあの辺鄙な場所にある唯一の家だ。その家の主はこれまで別の愛人を二人ほど住まわせたことがあったのだが、イノセンタを連れて来てから、かれこれ一年になろうとしていた。「あそこではお前はお妃だ」とかなんとか言って口説いた。その言葉に嘘偽りはなかった。実際、彼女は妃だった。なぜなら、その家の周りには何キロ行っても、彼女以外に女は一人もいなかったのだ。木材商人である彼女の夫は仕事で町に出かけねばならないため、彼女はしょっちゅう一人でその家に取り残された。夫は帰って来て彼女を抱くと、数日もすると再び姿を消すのだった。「私はまだこんなに若いのに、ここにいたら、何の意味もないわ」夫が仕事に出かけようとすると、女は嘆いた。「困ることなんて何もないだろ。食べ物だって服だってちゃんと持ってきてやってる。納屋にはトウモロコシだって薪だって、ちゃんと用意してある。他に何がいるんだ」男がそう言い返すと、女は頬を涙で濡らしながら、「ハンモックは私一人には大きすぎるのよ」と、何か含みのある返事をした。頻繁に家を留守にする商人の男は、もしかしたらイノセンタの欲望を満たしている男が自分以外にもいるのではないかという疑念を抱いた。「俺は一杯食わされているのかもしれない」男は女の官能的なしぐさを眺めながら思った。「自分のことだけだったら、家にずっといればいいんだが、仕事があるからな」他の男と抱き合っている女の姿を想像するだけで、男は嫉妬に燃えた。一儲けできる大きな仕事が数日後に迫っていた。だが、その仕事はもしかしたら数週間かかるかもしれない。その間、女を一人森の家に残しておくのかと思うと、男は心配になった。女を抱いて、その体の心地よいぬくもりに浸っていたある夜、男は自分の愛する女が他の男とハンモックを共にすることが絶対にないようにするための確実な方法を思いついた。夜が明け、外が白みだすと、男はすぐに、自分の家を取り巻いている鬱蒼と茂った森の中のセノーテへ向かった。彼に手を貸してくれそうな人がそこにいるのだ。両手をラッパ代わりに口に当て、あちこちに向かって叫んだ。

「コンパドレ〔洗礼などカトリックの儀式において代親を務めた人と実の親との間で用いられる呼称〕、コンパドレ、コンパドレ」

最後の言葉が口から全部出きらないうちに、セノーテを覆っている厚い茂みからメスティソ〔本来は人種的混血を指す言葉だが、それとは関係なく、社会的文化的主流派の人たちと同じ身なりをする人を指す〕の格好をした粋な男が姿を現した。頭にはフェルトの白い帽子を被り、べっ甲のボタンのついた、襟を立てた真っ白なフィリピーナ・シャツに、糊の利いた、やはり真っ白なズボンを身に纏い、革製のサンダル《アルパルガタ・チジョナ》を履き、首には真っ赤なスカーフを巻いている。その男は燃え盛る火のような赤い目で商人を見ると、即座に喜びの声を吐いた。

「コンパドレ、会えて嬉しいぞ。地獄から出てきたばかりだから、抱擁はやめておこう」そう言いながら、腕を広げて相手を抱きしめるようなしぐさをした。

「構わんよ、コンパドレ。実は、申し訳ないんだが、一つ頼みたいことがあるんだ」まずそう返事をしてから、新しく手に入れた妻のことで抱えている、あの悩みの説明を始めた。メスティソは男が抱える悩みとやらを黙って聞いていた。言っていることは些細なことだし、頼みごととしては、特に自分が相手にすべきもののようには思えなかったが、敢えて途中で遮ることはしなかった。ただ、頼まれていることは実際つまらないことなので、自分が何千年もかけて築き上げてきた、悪魔という名声にはそぐわないものであるように思えた。

「いいかい、コンパドレ。俺にはやりかけの仕事がいっぱいあるんだ。けしかけてやらねばならん戦争がいくつかあるし、もめ事や疫病だっていくつも起こさなきゃならん。助けてやらんといかん家来もいるんだ。高利貸しに売春宿の主、商人、酒場の店主。司祭にだっておる。本当は何とかしてやりたいんだが、分かってくれ。この世は、とにかく俺が手を抜くと、みんな退屈してしまうんだ」

件の男はコンパドレが言っていることの全部を理解した訳ではなかったが、妻を見張ってもらうという自分の願いを聞き入れてもらうまで譲らなかった。「数週間だけでいいんだ。今まで頼みごとをしたことなんてなかっただろ。あんたに何かを頼むなんて、これが初めてじゃないか。駄目だなんて言わせないぞ」男は相手に有無を言わせないような強い口調で言った。悪魔は商人が言っていることももっともだと思った。こと女に関しては自分が危ない存在であることは分かっているのに、妻を自分に預けようというのだから、これは自分が大いに信頼してもらっていることの証だ、と思うと嬉しくもあった。「分かった、分かった」悪魔は仕方なく呟いた。「お前が家に戻るまで、奥さんのことは見といてやる。だが、これっきりだぞ。こんな頼みは二度と聞いてやらんからな」商人は喜びのあまり我を忘れて跳び跳ねた。

　約束の日、まさに商人が仕事で家を出ようとしていたそのとき、悪魔がやって来た。「コンパドレ、ありがとう」馬に乗った男は曲がった道の手前で声をかけた。「悪魔に二言はない」男はすでに見えなくなっていたが、メスティソは道端の石に腰かけたまま、返事をするかのように呟いた。悪魔は椰子葺きの家の周りを行ったり来たりする女を見張った。彼女はこれ見よがしに家の仕事をした。イノセンタは実に美しい女だった。花柄の刺繍が施された白い薄手のウィピルの下には、豊満な体つきが見て取れた。商人の男は飲み屋で働いていたこの女を一目見て、その姿に惚れ込み、自分の妻にしたのだ。女はメスティソが自分を見張っていることに気が付いていたが、知らん振りをした。だが午後になって、女は思い切って悪魔に声をかけた。「悪魔退散《アレド・バージャ》。女の見張りになり果てたのかい。あんたが誰かくらいちゃんと分かってるよ。あんたは悪魔って奴だろ。そこまで落ちぶれるとはねえ」女は悪魔を誘惑するかのような仕草をしながら、そう言った。メフィストフェレスは顔をゆがめて、言葉にもならない言葉を口の中で呟いた。夜になると、女はサルビアの葉を浸した水で体を洗い、ウェーブのかかった髪を山櫛〔櫛のような形をした、ある木の実のさや。夜道を酔っぱらって歩く男性を誘惑する妖怪のシュタバイが髪をすくために使うとされる〕で丁寧に梳かした。「こっちに来て、私と一緒にハンモックにお入りなさい。悪魔さん、さあ、いらっしゃいよ。あなたのコンパドレにばらしたりしないから」女は右手の指で呼び寄せるしぐさをしながら、悪魔に甘い声をかけた。女は人間の皮膚で体を覆われているだけで、その中身は小悪魔そのものだった。女の誘惑に弱い悪魔はその気になりそうになった。だが、よく考えてみると、コンパドレが自分に寄せてくれる信頼を裏切ることは恥ずべきことのように思えた。言葉こそ発しなかったが、悪魔は首を横に振って誘いを断った。次の日からイノセンタは誘惑の度合いをさらに強めていった。しかし、悪魔はその誘惑の嵐に無関心を貫いた。妖艶な女からの誘惑に無表情を装いながら、必死に耐えた。いくら誘っても、女のハンモックに入ることを悪魔が頑なに拒み続けるため、根負けした女は言った。「いいかい、駄目な悪魔さん。あんたのコンパドレが出かけちまうと、この辺りには薪取りや狩りをする連中がやって来るんだ。知ってると思うけど、人間は一人になると寂しくなる。だから、私を慰めに来てくれることもある。私のハンモックには小さな穴があるってことを知ってるからね」女は遠回しな言い口ながら、それまで隠していたことをさらけ出した。ルシファーは仕事柄これまで何千という告白を聞いてきた。しかし、自分が大事に思っているコンパドレの女のあけすけなもの言いには愕然とした。それに女の口からこのような下品な言葉を聞くのはあまり気持ちのいいものではなかった。悪魔は女の厚顔無恥に憤りを感じつつも、口からはわずかな煙を吐いただけだった。イノセンタはさらに言った。「あのね、ルシファーさん。自分のコンパドレとの約束を守るだけのために、ご自分のお仕事をおろそかにするのは良くないわ。いい？こうしましょ。今から私の言うことがあなたにできたら、私は修道女みたいな生活に戻るわ。だけど、私の言うことができなければ、あなたは帰ってね。それに私が何をしようと、私の夫に告げ口をしたら駄目よ」悪魔は任された仕事にすでに嫌気がさしていた。折角いい女がいるのに、自らの名誉のために、その女に触れることすら自ら禁じてしまっていたのだから、楽しいはずがない。悪魔にとって女の申し出は渡りに船だった。「いいだろう。じゃあ、明日、夜が明けたら、その賭けを始めよう」悪魔は喜んで女の提案を受け入れた。

夜が明けると悪魔は、喜び勇んで最初の賭けを要求した。「何をやればいいんだ」悪魔は笑いながら訊いた。女も微笑み返すと、頭から髪の毛を抜くふりをして、一本の毛を悪魔にさっと渡した。「縮れたこの毛をまっすぐに伸ばして欲しいの」女は意地悪そうで不敵な笑みを浮かべながら、悪魔に賭けの内容を告げた。悪魔は女が手渡した縮れた太く黒光りする毛をじっと見つめた。「朝飯前だ」悪魔は即座に思った。女の髪の毛は縮れていたが、それはパーマをかけたせいで、天然の縮れ毛ではないことが悪魔にも分かっていたので、それを伸ばすのは容易いと考えたのだ。「熱をかけて縮れ毛にしてるだけだから、また熱を加えてやれば、普通の形に戻るはずだ。悪魔がいろんなことをできるのは、年の功のおかげじゃなくて悪魔だからだとはうまく言ったもんだ。ハハハ」悪魔はいつにもなく笑った。メスティソは右手の親指と人差し指で毛の端をつかむと、左手で同じように毛のもう一方の端をつまんだ。輝く太い毛を軽く伸ばすと、口を近づけて熱い息を二回吹きかけた。伸ばすだけならそれくらいで十分だろうと思った。毛の一方の端を手から離すと、その毛はすぐに元の縮れ毛に戻った。毛を真っ直ぐにしようと同じことを何時間も試みたが、縮れた毛は形が変わることを拒み続けた。慌てた悪魔は毛を何時間も石で押さえてみた。何も変わらなかった。もうやけくそで、その毛を踏んづけたり、木に打ち付けたり、思いつく限りのことをやってみたが、どれもうまくいかなかった。「この野郎」悪魔は雷のような音の叫び声をあげた。午後もだいぶ遅くなった頃、疲れ切った悪魔は大声で女を呼び寄せて訊いた。

「この毛はいくらやっても真っすぐにならん。一体、どこから抜いたんだ」女は笑いをこらえきれなかった。女があまりに大笑いするので、悪魔は怒りで顔を真っ赤にして再び怒鳴った。「言え。一体どこから持ってきたんだ」

女は笑いながら答えた。「あなたが掴んでる毛はね、私のおへその下の方から抜いたものよ」返事を聞いた悪魔は口元をゆがめてしかめっ面をすると、悪魔の沽券にかかわると思ったのか、そのまま押し黙ってしまった。その日、サタンは陰鬱な一夜を過ごした。敗北は受け入れがたい屈辱だった。悪魔としての威厳を守るには、ここはひとまず落ち着き、次の賭けに備えるしかないと思った。夜が明けると、女の方から見張り役の悪魔に声をかけた。「今日の賭けは昨日のよりは簡単よ」悪魔は聞こえないふりをした。昨日と同じような敗北を繰り返すわけにはいかなった。女は家の真ん中に一つのヒーカラ〔瓢箪のような丸い実の中身を取り除いて半分に割った器〕を置きながら言った。「ここに一つヒーカラがあるわ。井戸から水を汲んで、これをいっぱいにして頂戴。だけど、水を運ぶのにはこの籐で編んだ籠を使うのよ」賭けの説明を受けた悪魔は目を白黒させた。賭けは難しいどころか、至って簡単なものに思えたので、悪魔はひどく喜んだのだ。井戸は近くにあるので、籠に一滴でも残っていれば、一〇〇〇回も行ったり来たりすればヒーカラはいっぱいになるだろうと思った。「そんなのは、悪魔にはお安い御用だ」悪魔は心の中で大喜びした。しかし、午後になってもヒーカラの中を湿らすことすらできなかった。腹を立てた悪魔はヒーカラを掴むと、外の石めがけて投げつけた。完全に平常心をなくしていた。

「お前の勝ちだ。好きなようにすればいい。コンパドレには何も言わん。女の見張りなんぞ、俺の仕事じゃない」悪魔はそう叫ぶと、硫黄の匂いのする煙の中に消えて行った。

狩人たちがやって来ているのを知らせる犬の吠え声が遠くから聞こえていた。女は嬉しくなって恋の歌を歌い始めた。

ユダとチェチェンの木

黒いチェチェン〔ウルシ科の木の総称〕の木はたいそうな自信家だ。根が深く広く張るため、葉は枝の先端に至るまで生い茂る。そのことを自負するあまり、鼻持ちならないほどのナルシストになってしまった。その軽薄な態度ゆえに、周りに生えている木だけでなく、熱帯のジャングルに暮らす他の生き物たちみんなからも嫌われている。自分が生まれた場所であるにもかかわらずだ。確かにとても美しい姿をしている木なのだが、実は何の役にも立たない。誰にもその使い途は思いつかない。葉が生い茂るため大きな暗い木陰ができるのだが、森の生き物たちはその下で休息をとろうとはしない。森を歩く人間はみな、その危ない木陰を避けて通る。チェチェンの木が呪われていることをみな知っているからだ。その樹液が膚に垂れると皮膚が腫れあがる。その木陰に座ろうものなら、体中に湿疹ができて大変なことになる。葉っぱから落ちる露も幹から出る樹液と同じで、それを浴びると火傷をしたように皮膚が腫れ上がってしまう。毒素を気にしないのはその木だけだ。その毒素への耐性こそがその木を鼻持ちならないエゴイストにする原因ですらある。「俺様は一番茂っているぞ。葉っぱの色だって一番青々している。幹だってグレーに光り輝いている」朝の風に吹かれると、そう歌い出す。しかも、毎日だから、聞き飽きた近くの木たちは耳を塞いでしまう。このあたりの木はみな、いつも己惚れた顔をしているこのトクシコデンドロム・ラディカンスに隠されたある真実を知っている。この木には実はもう一つの名前があるのだ。自分にとっては疎ましい渾名なので、その名で呼ばれても、この木は返事をしないだろう。その渾名を解消するためなら、この木はどんなことでもするはずだ。そんなあだ名が付けられるに至った経緯はこうだ。

　賢者たちの言うところによると、カスティージャの言葉を話す人たちが崇めていた神の子が、かつてこの地で長い月日を過ごした。それはカスティージャの人々が我々の土地にやって来るよりもはるか昔のことだ。神の子は海の上を歩いてやって来た。額に当てた長いメカパル〔荷物を背負うためのひも〕で大きな木製の箱を引きずっていた。その中には彼の忠実な弟子たちが入っていた。母親も一緒だった。「私は聖なるセイバの木が生えている、世界が始まる場所、つまり全てのものが生まれる場所から来た」浜辺に彼を見にやって来た人々に向かって、疲れ切った表情でそう呟いた。最初は疑っていた人々も、彼が様々な奇跡を起こして見せるので、彼の言うことを信じるようになった。神の子は病気に苦しむ人々を自分の手の力で治療した。賢い人がいると聞けば訪ねて行き、一緒に暮らして知恵を授かった。また神の子は道行く先々で、病気に罹っていたり、悲しみや失意の中にある人々に善意の手を差し伸べた。慰めの言葉をかけ、手から出る力で治してやった。神から遣わされた男はこうやって旅をしていた。賢者たちは男に訊いた。「何のためにこんなところにやって来たのだ。どうして自分の仲間のところにいないのだ？　そなたが神の子だというのは分かった。だからこそ、訊いておる。困っていることがあるのなら、助けてやろう。旅ゆく人々にはそうするのがわしらの習わしだ。だが、そなただけを大事にすれば、わしらの神々は嫉妬するじゃろう」神の子は包み隠さず話した。「私は私を殺そうとしている人たちから逃げて来たのです。今はまだ見つかっていませんが、いずれ居場所を知られてしまうでしょう」深い悲しみに包まれた彼の言葉に賢者たちは心を動かされた。「誰にも手出しはさせん。そなたの追手がやって来たら、わしらがそなたをジャングルの奥深くに匿ってやろう」得心した賢者たちは神の子に約束した。それから多くの月日が経めぐった頃、神の子の追手がついに彼の居場所をつきとめた。賢者たちは約束通り、弟子たちも一緒に神の子をジャングルの奥深くへ連れて行った。「あなたたちは困ったことをしてくれました。私たちは手ぶらで帰るわけにはいかないんです」神の子を探しに海を渡ってきた連中は賢者たちに言った。

　公平を期すために賢者たちは追跡者たちに言った。「ジャングルにお入りなさい。ただし、七日経っても見つけられなければ、追跡を止めると約束しなさい」追跡者たちは同意した。こうしてジャングルの中での神の子狩りが始まった。神の子はジャングルの中でとても辛い思いをしていた。足の裏には茨が突き刺さり、草にひっかかれて体も傷だらけになった。ハルトゥン〔岩の裂け目などにできる水たまり。スペイン語ではサルテネハ〕の水を飲んでは病気になるし、空腹のあまり今にも倒れてしまいそうだった。だが、最も心を痛めたのは、疲れ果てている上、体中に出来た傷で苦しんでいる母の姿を見ることだった。

「母上を見てごらんなさい」ユダが母の方を指さした。「私にはどうしようもないのだ。私の力は自分のために使うことは許されていないのだ。そなたたちに対しても使えないのだ」ユダの言わんとするところが分かっている神の子はそう答えた。ユダ自身もジャングルの中で苦しんでいた。だが、ユダはそれ以上に、師匠が易々とやってのける奇跡が自分にはできないことを思い悩んでいた。ユダの苦しみはやがて妬みに変わり、そしてその妬みは彼の魂を苛む憎しみへと形を変えた。こうしてユダはある日、仲間と一緒に逃げ回ることを止め、追跡者のもとへ走った。そして、敵方に神の子が歩いている方角を教えた。こうして約束の期限である七日間よりも前に神の子は追跡者たちに見つけられてしまった。そして神の子と彼に従っていた仲間たちは捕らえられ、母親とユダを除いて、みな殺されてしまった。翌朝追跡者たちは殺した者たちの亡骸を引きずって、もと来た道を引き返していった。母親と裏切者は殺さずに、そのまま我々のもとに残していった。師を裏切った哀れなユダは自らが犯した浅ましい行為を恥じて、日夜苦しんだ。罰を自らに課すために森に入った。焼けつく石で足は焼けただれ、喉の渇きに苦しんだ。耐え切れず、水を飲みにセノーテへ降りる方法を鳥たちに訊いたが、鳥たちは耳を貸そうとはしなかった。「あんなやつの話なんか聞いてやれるか。自分の友を引き渡して死なせた奴なんだ」この邪悪な男の手助けをしないよう、神の子の母親が森の動物たちに触れて回っているのだ、とも言った。動物たちは、自分の息子を殺され復讐に燃えるこの女に、同情したのだ。

森の中に住む者たちの多くが語るところによると、ユダは夜になるとジャングルの中の適当なところで横になった。翌朝になると、ユダがベッド代わりに使った草は全て、悪人に力を貸したことを恥じて枯れてしまった。ユダが横になることで、数日もすると辺りにはむき出しの石だけが残った。背信者の心は悲しみの定宿となった。ユダは苦悩のあまり、眠っているとき以外は泣いてばかりいた。彼が流す後悔の涙は岩の割れ目を、塩っ辛く、グアルンボ〔バラ目イラクサ科セクロピア属。学名セクロピア〕の木のように苦い水で満たした。だから、その水は飲み水としては使えないのだ。やがてユダの苦しみは、一〇〇〇年も生えているセイバの木ほどの大きさとなり、罪悪感も彼の心の限界を超えてしまった。そこでユダは自らの命を絶つことにした。背信の重みを背負い、谷底に身を投げた。しかし、命は体から離れなかった。食を絶ち飢え死にしようとしたが、魂は彼から離れない。鋭い石で首を切ってみるが、心臓の鼓動が止まることはない。そこで、死の神であるアー・プーチに助けを求めた。あぐらをかいて座っているこの神の脇腹には肉がなく、あばら骨だけしかない。真摯に耳を傾けていた神は、ユダの話が終わると、頭蓋骨だけが載った首を縦に振った。当時この神はまだ人間の願いを聞いてくれたのだ。神はユダに死ぬことを認めてくれたばかりか、どうやればいいかまで教えてくれた。教えてくれた方法は首を吊ることだった。首を吊って死ねば天国に真っすぐに行けると言われる。首を吊って死ぬためにはシュタブという女神の助けがいる。その女神は自分より上位の神の裁定には反論しなかった。ただ、首を吊るときは人間にも動物にも役に立たない木を使うことという条件を付けた。そして、さらに付け加えた。「その木は永遠に呪われることになります」ユダは森の木や草が何の役に立つのか、来る日も来る日も調べて回った。セイバの木は森の神々が暮らす家だった。小鳥が巣をかける木でもあった。太く堅い幹を持つキタンチェの木は猪が体を擦りつけたり、椰子の葉葺きの家の梁として使われることを学んだ。ラモン〔学名 Brosimun alicastrum. パンの木とも呼ばれる〕の木の葉っぱは鹿が食べていること、またその小さな実でトルティージャを作ることができることも知った。ワヤの木には美味しい実がなり、動物や人間の子供たちがデザート代わりに食べていることが分かった。サポテとゴムの木は人間の役に立つことも発見した。ユダは自分の首を吊るための木をずっと探し続けた。だが、なかなか見つからなかった。それぞれに何らかの決まった使い道があった。諦めかけようとしていたある日の朝、鳥の守護者が彼のもとにやって来て言った。「鳥が枝に巣をかけることを許さない木があるんだ。この思い上がった木は鳥が自分の枝に巣をかけたと知るや、木を揺すって巣を振り落としてしまうんだ」鳥の守護者と入れ替わりに動物の守護者もやって来て言った。「黒いチェチェンの木はつまらん木だ。誰も寄せ付けない。自分の木陰に誰かが来てひと休みすることを嫌がる。大きな枝を持ってるくせに、鳥に巣を作らせない木が何の役に立つ。大きな木陰を作るのに、誰も入って休めない木が何になる」ユダは教えてもらったその木を即座に探しに行った。その木には首を吊るのに格好の枝があった。それに反対したのはチェチェンの木だけだった。木を助けてやろうとするものは誰もいなかった。チェチェンの木は森の中を歩き回っている神の子の母を探しに行かせた。だが、誰にも見つけられなかったのだろう。彼女がチェチェンの木を助けるためにやって来ることはなかった。息絶えたユダの体が枝からぶら下がったまま干からびたとき、チェチェンの木は自分が呪われたことを知った。毒を出す木になってしまった。黒いチェチェンの木はこうやって呪われたのだ。

神の子の母親は、人の話によると、長い受難の道を歩いた末に疲れ果て、ある日の午後、石の上で眠ってしまい、その後二度と目を覚ますことはなかったという。賢者たちによると、息子の死を悼んで悲しみ動かなくなった母の姿は日々あちこちの石や木片に浮き上がるようになった。そして、この地のいたるところに散らばって行った。そうした母が浮かび上がった石や木片を見つけた人々は教会や礼拝堂を作ってやった。一方で、チェチェンの木が不遇の運命を生きることになり、意気消沈していることを知る人はほとんどいない。

酒は他人の心をも傷つける

朝の五時四五分に目覚ましが鳴った。目覚まし時計のけたたましいベルで、タクシー仲間の間ではモヨと呼ばれているマヌエル・アレハンドロ・チマル・サントスは日常の生活に引き戻された。モヨは昨日の昼から夜更けまで友人と一緒に、あるレストランで酒を飲んでいた。もっともレストランとは名ばかりで、実は町のいたるところにある安酒場だ。部屋の真ん中に吊るされたハンモックに横になったまま、モヨは咄嗟に手探りで時計を探す。床に手を伸ばして右、左と探ってようやく目覚まし時計を見つけると、パンと叩いてベルが鳴るのを止めた。

「夕べの酒は効いたなあ。マリセラのやつ怒ってるだろうな。まあ、しょうがねえ。幸い、ちゃんと帰って来れたし」そんなことを考えながら起き上り、いつものように仕事用の服に着替えた。

二日酔いは昼過ぎまで続くはずだが、薬を飲めば少しは楽になる。彼にとっての薬とは冷えたビール半ダースのことだ。それで酔いがさらに酷くなるとは、これっぽっちも思っていない。ここのところずっと妻のマリセラから金を要求されていた。それも無理からぬことだ。ここ数カ月、モヨは稼いだ金を全部、酒か、場合によっては女遊びに使ってしまったのだから。

「まあ、家内の言うことももっともだ。餓鬼には服を着せてやらなきゃいけねえ。家賃だって二カ月滞納だ。それにテレビの月賦も残ってる。なのに俺ときちゃ、酒浸りだからな」言い訳がましく、小さな声で独り言を言った。罪悪感がないわけではない。だが、それに押し潰されないようにするためには、自分を奮い立たせないといけないのだ。

公営住宅の台所の冷たい水は、酔いの残った赤ら顔には鎮痛剤のように感じられる。酔っ払ったせいで体は汗ばんでおり、このまま一日中過ごさねばならないかと思うと、重い十字架を背負わされたような気分になる。できるだけ物音を立てないように注意しながらドアに向かう。そこを開ければ、彼がいつも口にする「人生は辛いけど、楽しいこともある」場所である現実のジャングルが待っている。彼を自由へと導く扉の敷居を跨ごうとしたちょうどその時、背中を叩かれたかのように、後ろで大きな声がした。

「あんた、どこに行こうってんだい。酒ばっかり飲んで。あたしゃ子供は鳥が養ってくれてるとでも思ってるのかい」

マリセラは日々溜めてきた怒りを込めてモヨの肩を掴んだ。さらにありとあらゆる罵詈雑言を投げつけた。

「お金、頂戴。家賃を払わないといけないんだ。取立人はまるであたしの恋人みたいに、ずっとドアをノックしてるもんだから、あたしゃおちおちトイレにも行けないんだ。なのに、あんたときたら、仲間と酒ばっかり飲んでるじゃないかい」

「ああ、分かってる。でも俺も金がいるんだ。仕事して少し稼いでくるから、ちょっと待ってくれ」モヨは喧嘩を大きくしないで自分が譲歩している素振りを見せようと、申し訳なさそうな声で言う。だが、トーンを落とした口調でお願いしたところで、妻の剣幕は変わらない。

「お願いするんだったら、あんたの姉さんに言いな。これまであたしがお願いを聞いてやっていたら、このありさまじゃないか。食べる分だけでもいいから、お金、置いて行きな」

モヨはズボンのポケットに両手を突っ込んでみた。右手に硬貨が何枚か当たった。

「これだけしかない」一〇ペソ、五ペソ、一ペソの硬貨が何枚か載った手のひらを見せながら言った。

「冗談じゃないよ。そんなもんで家族を養えるとでも思ってるのかい」

「そうだな。だから、美味いもん食わしてやるためにちょっくら仕事に行ってくらあ」妻の怒りをひしひしと感じながらモヨは弁解した。

モヨの鼻先でドアがバタンと閉じた。その勢いは妻の怒りがいかほどのものであるかを表していた。モヨはうつむいたまま、青いラインの入った白い仕事用の車に向かった。車のボンネットには二三一という番号が目立つように書かれている。気まずい思いを引きずりつつも、手で髪の毛を整えながら、モヨは大きな声で言った。

「済んだことは仕方ねえ。楽しんだ後は、仕事をするだけだ」

未だ解明されていない運命の書にはこれから起こるある大惨事のことが記されていたのだが、そのことを想像できる者はカールタルカー村には一人としていなかった。貧困に喘ぎながらもなんとか生計を維持していたナサリオ・ウチが自分のミルパに着いたちょうどその時間に、彼の希望をさらに打ち砕くことになる男が二三一番のタクシーのエンジンをかけようとしていた。二人は四〇〇キロメートルもの距離で隔てられた場所にいた。その日、ナサリオはいつものように、森に出かける前に、一番下の子が眠っているハンモックをのぞき込み、彼女の頭にそっとキスをした。

「かわいいな。ぐっすり眠ってる」彼は妻にそう言った。

七歳のアレハンドラは小学校の二年生だった。朝の八時を過ぎてから起きても大丈夫なように午後の部に入れてもらっている。彼女は生まれた時から病気がちだったのだ。多分そのせいなのだろう。酷く痩せている。健康に問題はないと医者は言っていたが、両親は彼女の体にはとにかく気を配っていた。ナサリオには九人の子供がいた。「みんなちゃんと生きてるし、仕事もできる」と、いつも自慢げに言っていた。成人するとすぐに、何人かは村から出て行った。残った子たちでも、結婚を機に近くの村に引っ越して行った。アレハンドラが生まれた時、ナサリオ夫妻はもう子供を持てるような歳ではなかったので、二人はとても喜んだ。

同じ日の明け方、村のもう一方の端ではティナ・チンが、いつものように目を覚ました。台所の灯りを付けると、夫のコルネリオ・マスンが毎日パルセラ〔分譲農地〕に行くときに持って行く弁当の準備を急いで始めた。手作りのトルティージャ一二枚、トマトとすり潰したチレのソース。そして瓢箪の水筒に水を入れれば、午前中の空腹と喉の渇きを癒すのに十分な食べ物が揃う。ティナ・チンとコルネリオ・マスンは結婚生活がもたらす喜びも苦難も同じように経験してきた。経済的には苦しかったが、幸せだった。就中《なかんずく》、七歳と六歳になる二人娘のマリアナとナティが彼らの生活を大いに和ませてくれた。夫が娘たちを大事にしてくれていることが、ティナは何より嬉しかった。また、自分をひたすら愛してくれる男性がそばにいてくれることにも、感謝の気持ちでいっぱいだった。

「妃はプリンセス二人の面倒をみてやってくれ」夫は出かける際に必ず妻にそう言った。そして「王はこれから仕事に向かう」と付け加えて、夜も明けきらぬうちに、森へ向かうのだった。

さらに、出かける前に、子供たちの面倒の見方に関していくつか注意するのを忘れなかった。

「好きなだけ寝かせてやれ。起きるのは何時でも構わん。宿題はちゃんとやらせるんだ。ちゃんと食事を済ませてから学校にやるんだぞ」

妻はただ笑っているだけだった。

学校に上がるまで、マリアナとナティは完全に甘やかされて育った。ハンモックから出るのはお天道様がもう随分と高くなってからだった。長女のマリアナが学校に上がることになった時、両親は娘を午後の部に入れることにした。翌年、ナティの順番が回ってきた時も、同じ決断をした。「午後の部に行かせれば、迎えに行ってやれるし、それにお腹を空かせて学校に行くこともないから、その方がいい」コルネリオは妻に反対されないようにそう言った。

ティナは自分にとってもその方が都合がいいと思ったので、夫の意見に賛成した。夫を送り出せば、その後は何の憂いもなく、ハンモックに戻って朝の涼しい空気を満喫しながら、また寝れると思ったのだ。夫が男の子を欲しがっていることは彼女もよく分かっていた。だが、男の子を産めなくても、別に二人の関係が悪くなるわけではないことも分かっていた。ナティが生まれた後、彼女は生理が不順になった。州都の総合病院で検査をしてもらったところ、子宮に腫瘍があることが分かった。それを取り除いたことで、彼女は子供が産めない体になってしまった。最初は、自分の若さが切り取られたようで、悲しくて泣いた。その後、長いこと、気が塞いでしまった。子供が産めなくなったことで、自分は夫から何の役にも立たないものと思われているのではないかと心配したのだ。少なくとも、自分は女としての役割を失ってしまったように思えた。だが、それらはすべて杞憂だった。むしろ逆に、コルネリオは彼女をいたわった。時間が経つうちに子供が産めないことはどうでもよくなっていった。

用を足しに中庭に出たナサリオ・ウチは、夜が明けるまでどの位の時間があるか確かめようと、西の空に目をやった。まん丸いトルティージャのような満月が天空に輝いている。

「夜中の一時半位かな」用を足し終えると、下腹部がすっとするのを感じながら呟いた。

もうしばらく寝るために家の中に戻ろうとしたちょうどその時、石垣の上で何か光るものがあるのに気付いた彼は、立ち止まってそれを見つめた。家の前を通る舗装道路の少し先の方から淡い光が近づいて来る。

「見たこともない、不思議な光が輝いていた。淡い光だったが、よく見えた。多分気が付いた者だけにしか説明できないような光だった」それを見てから数日後、いいことか悪いことか分からないが、あれは何かの前触れだったに違いない、と説明しながら、彼はつぶやくのだった。

ナサリオは占い師というあだ名を付けられていたが、それが自慢でもあった。どんな複雑な悪事でも解明して見せることで名を馳せていた。見えるものには必ず意味を見出した。どんなにでたらめな夢でも、彼の口を介せば、何らかのメッセージや知らせ、あるいは忠告になった。

ナサリオが立っている場所から目にした光景はこの世のものとは思えない不思議なものだった。ただ、恐怖は感じなかった。普段から不可解な出来事に関する話を聞くことが多かったので、ここは見つからないようにグアバの木の後ろに身を隠すべきだと思った。不思議な光は静寂の中を静かに動いた。ぼんやりとした光であるにもかかわらず、その光の発生源に人がいるのがはっきりと分かった。その丸い塊のような光の中には真っ白な服に身を包んだ女が立っていた。髪の毛は服の白さとは対象的に真っ黒だ。線の細いその女は歩かず、ただ立ったまま空中を漂っている。光が彼のいる場所の目の前まで来た時、女が膝の前に無数の色を発する光り輝く花をたくさん抱えているのが見えた。光っているにもかかわらず、みずみずしさの感じられない、悲し気な不思議な花だった。満月の光を反射して、花は煌めいて見える。空中を浮遊する女から花びらがこぼれていく。落ちた花びらは地面に触れる前に火花のように光を発して砕け、その飛び散った光によってスパンコールとビーズで作ったような光の道ができている。ナサリオをとりわけ驚かせたのは超自然的な光に包まれた女が泣いていることだった。それは苦痛に満ちた心の奥底から漏れ出る溜息のような鳴き声だった。現実の出来事とは思えないものを目にした、この魔術的な時間はほんの一瞬だったが、その間、ナサリオは金縛りにあったようだった。金縛りが解けると、思わず石垣を乗り越えてしまった。女はちょうど角を曲がるところだった。光り輝くスパンコールの道もやがて消えてなくなった。

　ナサリオはたった今目の当たりした光景をどう理解したらいいか分からないまま、家に引き返し、中に入った。その日は日曜日だったので仕事に行く必要はなかったのだが、ハンモックに入っても再び眠ることはできなかった。見たもののせいで眠気は完全に失せていた。「俺が見たのは一体何だったんだ。あれは何の啓示なんだろう」ナサリオは考え込んだ。そして、気がついたときには、外はすでに明るくなっていた。彼はいつものように、物音を立てないように注意しながら、壁に掛けてあるサブカン〔上部の口が空いたままの薄っぺらい背負袋〕を肩に掛け、外に出た。日曜日は毎週、広場にある肉屋に豚肉を買いに行くのが彼の役目だ。村では肉を買うためには早起きをしないといけない。それに日曜日に屠殺される豚は一頭だけなのだ。

　店に着くと、数人の男たちが村のたった一人の警察官であるロンチョの話に聞き入っていた。

「家の土塀の隙間から見たんだ。光に包まれた女が浮いていた。顔はよく見えなかったけど、目から色の付いた涙が流れていた」

「膝に抱えた花束から色の付いた光の真珠がこぼれていたよ。墓場の方に向かって行った。ロンチョが言うように、女は確かに泣いていた」ナサリオも話の輪に加わった。

ナサリオも同じ内容の話をしたことから、すでに村を駆け巡り始めていたロンチョの話は作り話ではないかという疑いは消えた。花束を抱えて泣いている女が現れたという噂が広がり始めたのは、雄鶏が泣く頃だった。村中を駆け巡ったその話は、お昼頃にはすでに二回り目に入っていた。

次の日の早朝も、光を出し、泣いている、そして光彩を放つ花束を抱えた不思議な女が現れたという話がまた広まった。ただ今度は、現れたという場所が村の反対側だった。この極めて特異な出来事を見たという人の数も最初の時より増えていた。商店や学校の入口、トルティージャ屋など人が集まる場所では、女たちが輪を作って、この出来事について情報を交換した。中には、足があったとか、しっぽがあったとか、人が怖がるような話に膨らませようとする者もいた。だが、みんなが知っている最初の特徴だけはいつも同じだった。

さらに新しい情報が村を駆け巡った。しかも、その情報は今度は村の外にまで広まった。すると、神秘主義者や何でもすぐに信じてしまう人、不思議なことを追い求める人、そういった人たちが情報の真偽を確かめに村に押し寄せた。午後になるとバスや自分の車で大勢の人が村にやって来て、夜になってもそのまま村に居座った。木に登ってねぐらを確保する者もいれば、どこかの家に宿を探す者もいた。用意周到なやつらにいたっては村にある一八本の道路のどこかの曲がり角に陣取った。

三日目の早朝、いつもと全く同じ時間に件の女は現れた。ただ今回は、これまで現れたところから随分離れた場所だった。幸運にもその姿を見ることができた者たちは口を揃えて言った。光に包まれた女はとても悲しそうだった。その姿はあまりに痛々しげだったので、彼女の悲痛なむせび泣きを聞いているのは本当に辛かった。そう語る目撃者の言葉に、それを聞いていた人々は悲しみをこらえきれなくなり、最後はみんながさめざめと泣いた。

どの目撃者の説明も判を押したように、ナサリオが言ったことと同じ内容だった。この不思議な現象を一番最初に見た人間とみんなからみなされているあのナサリオの話だ。

「あれは何かを知らせるために泣いてるのよ。だって、村はプロテスタントの信者で一杯になってるんだから」カトリックの信仰に篤い女は言った。

それほど信心深くない女は反論した。

「誰かの魂が苦しんでるんじゃないかしら」

いつものことだが、男たちは、女たちを怖がらせているこの出来事をあまり真剣には捉えていなかった。

「あれはシュタバイなんじゃないか」

「なんかの幽霊だろう」

ナサリオはみんなに言った。

「あれが何であるにせよ、用心した方がいい」

それから何日も、平穏な村の生活は大勢のよそ者によって引っ掻き回された。深夜から早朝にかけてカールタルカー村は巡礼地と化した。いたる所から人が押し寄せた。不思議な現象をひと目見ようとやって来た人たちの全員が目的を叶えられたわけではない。花を抱えて泣く、光を発する女は七日間続けて現れたのだが、それはさながら子供の隠れん坊だった。ある日はこちらかと思えば、次の日はあちら。そして最後は、ナサリオが初めてその女を見た一番最初の場所に戻った。彼に言わせれば、その女を二回見ることができた人間は彼一人だ。

「俺に伝えたいことが何かあるんだ。だけど、俺の頭じゃ、女が伝えたいそのメッセージが何なのか理解できない」それでも、ナサリオは夜になると考え込んだ。

女の出現に隠された意図を導き出すため、パラメータをいろいろと並び替えてみた。花、涙、女、光。光、女、涙、花。可能な組み合わせは全部考えた。だが、順番を入れ替えるだけでは何も分からなかった。

「一体、これは何なんだ」謎は深まるばかりだった。

女が現れた七日の間に、あの女は聖母だと主張する者は一人もいなかった。そもそも神父がミサの中で、聖母が現われたのではないかという人々の期待を、こう言って切って捨てたのだ。

「あなたたちは罪深いのだから、神の御母が自分たちの前に姿を現わすなどと思ってはならない。

自分のよだれで物事を洗うようなことはやめなさい。マリファナを吸って幻想を見るようなことはすべきではありません」

村人にとって神父の言葉は神の言葉よりも大事なものなので、誰も神父に反論しなかった。そんなことをすれば神父を怒らせ、結果として、死んだ時に天国に入るための扉を自ら閉ざしてしまうことになるだけだ。

女の不思議な出現は七日間続いた後、ぱったりと途絶えた。不思議な女の出現騒動もあっけなくピリオドが打たれた。何百というよそ者でごった返した村の生活も徐々にいつもと同じ生活に戻っていった。女の姿をひと目見ようと、村に留まり続けた者たちも、やがてがっかりして引き上げて行った。

運命的な何かの大惨事が起こることを人々に告げていたのは、この不思議な女の出現だけではなかった。それに続いて別の兆候が現れた。それはある女が村の保健センターに診察を求めてやって来た時に始まった。その女は夢というのは何回も繰り返すことがあるのかを訊きに来ただけだった。彼女は同じ夢を何回も見ていると言うのだ。

「先生、夕べ私は青々とした畑を歩いている夢を見たんです。何もかも青々としていました。太陽が真上から照り付けていました。すると突然、北と南から黒い雲が出てきたんです。雨が今にも降りそうな感じだった。実際すぐに大粒の雨が降り出した。雨粒は大きくて、当たると体が痛いくらい。雨粒は赤い色をしていました。血の雨だったんです。雨足はだんだんと強くなっていって、最後は空から血が土砂降りの雨のように落ちてきたんです。青々とした畑は赤い水で一杯になっちゃうんです。私もそれで濡れてました。服は赤くなって。手も髪の毛も。脚は膝のあたりまでそのべとべとしたものに浸かってるんです。美しかったあの畑が血に染まっているのはとても悲しくて、私は泣いていました。夢が終わって目を覚ますでしょ。でもまた寝ると、同じ夢を見るんです。そんな夢がもう三日も続いているんです。先生、あたしもう眠れなくなっちゃって。眠るのが怖い。だって、あの赤い水で私は溺れちゃうような気がするんです」血の雨が降る夢を見たという一番最初の女は保健センターの研修医にそう説明した。

その次の日、二〇名を超す女たちが診察に訪れた。彼女たちはみんな目をしょぼしょぼさせてやって来た。眠らないようにしていたのだ。一旦目を閉じてしまえば、空から降ってくる血で青々とした畑が血の海になる夢を見るのだと言う。四日目には年齢も社会階層も様々な六〇名程の女たちがやって来た。診療所の看護婦は仕事の量を何とか減らそうと、張り紙を出した。

「青い畑が血の海になる夢を見る人は集会室にお回りください」

集会室で待っていた医者は名前と住所の他に、同じ夢を見た回数を記入するための問診票を配った。医師は多くの人が同じ夢を見るという不思議な流行り病を収束させる方法を見つけようとあらゆる手を尽くした。しかし、もはや自分の手には負えないことを認めざるを得なかった。

医学雑誌で集団夢幻症の症状を報告した医師はこれまでいなかった。それは彼が初めて用いた用語だ。彼は伝染病の管理センターのある町に出かけた。データ集計部の統計担当者は最初は笑った。

しかし、保健センターの医師が作成した、流行り病に関する詳しい報告書に目を通した時、彼の顔は不安で歪んだ。

「睡眠時に集団夢幻症を発症して診察を受けた女性はここ六日間で二〇〇人にのぼった。全員が、太陽の輝く空の下に青々とした畑が広がっている夢を見る。空は俄かに暗くなって大粒の雨が降り出す。その雨は真っ赤な血の色をしていて、青々とした畑を血の海にしてしまう。この村の女たちは眠ろうとしない。眠たくて我慢できなくなると、水を張った桶に入って、自分の体を叩いて眠気を取ろうとする。あるいは、チェンテ・フェルナンデス〔メキシコのランチェラ歌手〕の曲を大音響で鳴らして、ほんの少しでも眠気を紛らわそうとする。全員が不安の症状を抱えている」

報告書には事態の原因を調べるために医師がとった措置が細かく書いてあった。パン屋の衛生状態を確認するための立ち入り検査や水の塩素濃度の測定が行われていた。ニシュタマル〔茹でたトウモロコシの実〕製粉所では厳格な衛生管理が取られていることも確認されていた。また衛生施設に関する検査もいくつも実施されていたが、特別なデータは得られていなかった。生理学的にも心理学的には異常な状態を説明するデータは一つもなかった。結局、村の女性が全員同じ夢を見る理由を説明できる者は一人もいなかった。村の女性だけに現れる集団夢幻症への処置として、医師はジアゼパムやオキサゼパムなど深い眠りを誘う薬を処方した。しかし、この処置はうまく行かなかった。薬を飲んだ女性はみな突然起き上がり、空気を探すかのように腕を上げてもがいた。血の海の中で溺れる幻覚を見ていたからである。

女性の集団幻覚が現れてから八日目、医師団がやって来て村を徹底的に調べて回った。患者数名から便と血液、尿、唾液を採取して持って帰った。この奇妙な病気を発症した患者は増え続けていた。保健センターの壁に貼られた患者数を表す折れ線グラフの線はいまだに頂点を超えていなかった。村の外から医師団がやって来るまでに村の医師が記録していた、集団夢幻症を発症した患者数は老婆、成人女性、少女を合わせて六〇〇人に上った。全員、眠たくて仕方がないのに、何とか眠らないようにしていた。

そしてついに、保健センターの看護婦までこの病に罹ってしまった。ある朝、彼女は目の下に隈を作って現れたのだ。

「先生、私、夕べ流行り病の夢を見ちゃったんです」

「なんてこった。ドニャ・チラ、お前もか。病気はついにここまでやって来たというわけだ」

女性だけが夢を見る流行り病が発生してから一〇日目、件の病気は州レベルの公衆衛生問題となろうとしていた。ところが、その日、病気は突然姿を消した。発生した時と同じように、あっという間に消えてなくなった。眠るまいと必死に堪えていた女たちはついに力尽きて公園のベンチや井戸の縁、あるいは竈のわきに座ったまま眠り込んでしまった。ハンモックに辿り着いた者たちはそのまま三日間眠り続けた。

ただ一人、ナサリオだけは眠れなかった。隠されたメッセージをなんとか見つけようと毎晩寝ずに考え続けた。「光る花を持った女が現れたのが七日間。女たちが血の海となった畑の夢を見て、溺れまいとずっと起きていたのが一〇日間」占い師はこんがらがった糸の端を見つけようと同じ言葉を何度も繰り返した。集団夢幻症が収束すると、平穏が四方から村に滑り込んだ。

運命の日の一二時半、命を落とすことになる九人の生徒が学校へ行く準備をしていた。村の南側に位置する小学校の七つの教室で授業を受ける二三八人の他の生徒たちも同じように準備をしていた。村を突っ切る幹線道路によって学校の敷地は二つに分断され、道路側にはそれぞれ金網のフェンスが張られている。幹線道路は大きなカーブを描いて村に入ってくる。そのカーブを抜けて北の方を向いたところに車のスピードを減速させるための突起帯があり、ちょうどそこに学校の出入り口がある。幹線道路を使って村に入って来る運転手はまずこの突起帯の出迎えを受けることになる。

教室に入って席に着くように子供たちに知らせるベルは、目に見えない長い糸でカンクンのタクシー二三一番と繋がっていた。学校のベルが鳴ったちょうどその時、モヨはシウダー・グランデ〔「大都市」の意。メリダ市を指す〕に急いで帰らねばならない二人の客を拾った。客は提示された料金と到着時間に、最初は文句を付けていたが、最後は受け入れた。この契約成立の瞬間から、運命の場所にある不可解な手が、彼に繋がれた細い糸を手繰り始めた。糸の両端は四時間後に結び合わされることになる。

モヨにとってマリセラの罵詈雑言は結果的にいい方向に働いた。その日は朝早くからひっきりなしに客を拾えたのだ。随分と稼げたことで気分も晴れた。朝飯を食った後で、二日酔いを治すためにまずビールを数本飲んだ。それから妻に金を渡そうと、恐る恐る家に帰った。妻が腹を空かしたライオンみたいになってることは目に見えていたが、義務を果たさないわけにもいかない。平静を装いつつ家に戻ると、マリセラに金を差し出した。彼女はそれを受け取り、貰った金を数えた。全ての支払いに足りないことは分かっているので、彼は先回りして言った。

「夜には家賃とテレビの月賦分を持って来る。これは食費にしてくれ」

「ろくでなし。これじゃ食費だって足りないじゃないか。家賃とテレビの月賦の方はどうするつもりなんだい」

「分かってるって、マリー」

意図したわけではないが、モヨはマリセラがさらなる悪態をつくための新たな口実を与えてしまった。彼女はマリーと呼ばれるのが一番嫌いだったのだ。

「マリーだって。そりゃあんたの浮気の相手だろ。馬鹿。私はマリセラっていうんだよ」

一日がかりの仕事になる長距離の運転を始めようとしているこの瞬間でも、モヨの脳裏には怒りで歪んだ妻の顔と涙に濡れた目が浮かんでくる。

「いつも怒ってるけど、俺にも責任があるんだよな。酒ばっかり飲んでるのはいいことじゃない。酒を飲むのは止めなきゃ。でないと、いつか大変なことになる」車のハンドルを叩きながら、モヨは独り言を言っている。

「旦那、落ち着きなよ。車に責任はないよ」助手席に座っている客がモヨに話しかけた。間髪を入れずに、後部座席にいるもう一人の客が付け加えた。

「女との問題は別の女で解決するんですよ」

「とんでもない、お客さん。実はまだ二日酔いが抜けてないんですよ。昨日が仲間の誕生日だったもんで、一緒に飲んだんです。そしたら、家内がすっかりご機嫌斜めになっちゃって」

するとと前の席の客が即座に言った。

「そんなの簡単ですよ、旦那。もう少し行ったら、冷えたビールでも買いましょう。それで二日酔いは治りますよ。私たちもお付き合いします」

ビールを買うために車を七回止めた。必要以上には飲まなかったが、アルコールが入った元の状態に戻ってしまった。悲壮感と不安は頭の奥底にしまい込むことができた。タクシーはスピードを出し過ぎるわけでもなく、ゆっくりと、そして容赦なく、指定された場所に向けて走り続けた。


ナサリオは森でトウモロコシ畑の下草取りをしていた。午後の四時一五分頃だったろうか。暑さは耐え難いほどになっていた。熱くなった石で、あたりは蒸し風呂のようだった。体は汗でびっしょりと濡れていた。持って帰るトウモロコシはすでに袋に詰め終わっている。畑に着いてから全く休憩を取っていなかったことを思い出し、平らな石を見つけて、それに腰かけた。水筒を取り出すと、口を付けてゆっくりと水を飲んだ。冷たい水を飲んでぼーっとしていたとき、突然、脳裏に閃光が走った。これまでどれだけ考えても解けなかった、あの女の出現や血の海の夢に込められたメッセージを覆い隠してきたベールが少しずつ消えて行ったのだ。

「なんてこった。出現が七回、夢が十日。それは今日のことじゃないか。一〇月の七日。今日がその一〇月七日だ。今日、何かが起こる」失くしたものを必死に捜していて見つけた人のように、ナサリオは大声を上げた。

ナサリオは慌てて立ち上がり、村めがけて歩き出した。道具袋や水筒、コア〔一方の先端に鎌、他方に鋤の付いた農具〕、マチェテ〔刃が長く、柄が短いなた〕、トウモロコシをいっぱいに詰めたサイザル麻の袋はこの際どうでもいい。ナサリオはほとんど走っていた。幹線道路に出たところで、足はもう疲れていたが、それでもスピードを少し上げた。彼の頭にあったのはできるだけ早く家に帰ることだった。だが、家はまだはるか先だ。速足で歩いても一時間はかかる。そのことが分かっているからこそ、歩みを緩めないように力を振り絞った。

「お願いだ、神様。何も起こりませんように。折角知らせて下さったのに、私はそれに気が付かなかった。お願いだ、神様。何も起こりませんように」

老いたナサリオの、すでに疲れた体では、どんなに頑張っても村まで全部は走れない。心臓の動きが激しくなり、額でもその鼓動が感じられる。だが、ハアハア言いながらも、足の動きは緩めない。

「このカーブを曲がれば、もうすぐ村だ。このカーブだけだ」

今にも心臓が破裂しそうだった。だが、頑張った甲斐あって、村の最初の家が目に入ってきた。汗びっしょりになって、口を開け、息もそこそこに、大股で通り過ぎるナサリオの姿に気が付いた人たちがいた。その中の誰かが彼に叫んだ。「ナサリオ、ナサリオ」その声が聞こえて来る方に顔を向けることもできず、ただ手を挙げて、聞こえたという合図を送った。家への近道をしようと角を曲がったところで、ほぼ完全に力を使い果たした。自宅目前の角の所で、一息つこうと歩みを緩めた。水はもうほとんど出ないくらいに絞った雑巾のようだった。崩れ落ちるかのように両手を膝について前のめりの状態で立ち止まった。さっき声をかけた人が彼を追ってきていた。追い付くと、彼に言った。

「ナサリオ、走れ。学校に行くんだ。あんたの娘さんが亡くなったそうだ」

その言葉は、運命の書に書かれたことが起こるのを止めようと懸命に走ってきた、疲弊しきったナサリオの体を突き抜けて行った。彼の意識は現実から乖離した。尻をむしり取られた蝶のように、彼は声にならない叫び声をあげた。

かなりスピードが出ていたタクシーは、カーブを抜けた時、突起帯を踏んだことで跳ね上がってしまった。コントロールを失った車は血に飢えた猛獣のように、二年生の授業が終わったことを知らせる最初のベルを聞いて学校を出ようとしていた子供たちに突っ込んだ。子供たちの悲鳴と植え込みに突っ込んだ車の激突音で構内はパニック状態になった。人びとが現場に駆け付けたとき、すでに九人の子供たちが息絶えていた。怪我をした子供たちは痛さで泣いていた。車が突っ込む瞬間を目の当たりにした者たちはただ泣き叫ぶばかりだった。

子供たちの命を奪った運転手のモヨは村の警察によって現行犯逮捕され、州警察に引き渡された。

彼はその間ずっと茫然自失の状態だった。逮捕後まもなく州警察がやってきたため、村で拘束されていたのはほんの数分だった。モヨを留置場に移送するにあたって、パトカーは事故の惨状がまだうまく飲み込めないでいる群衆の前を通った。だがモヨには自分の思慮に欠けた行動が引き起こした惨劇の大きさを目にする勇気はなかった。

この悲劇によって人生を狂わされたのはモヨだけではなかった。元より、保釈金を払って自由の身になったとは言え、モヨは呵責の念からずっと抜けられなかった。事故に巻き込まれた人で、その傷から立ち直れた人は誰もいなかった。ティナ・チンは血塗れになって死んだ二人の娘の姿を記憶から消し去ることができなかった。それは苦悶となって彼女を苛み続けた。何年経っても、彼女はアルコールの酔いが頭に回ると、泣き始めた。そして、彼女の人生を変えたその出来事について語り始めるのだった。同じ話を何度も聞かされるうちに、誰も彼女の相手をしなくなっていった。

娘二人の死によってティナとコルネリオは二万ペソの賠償金を受け取った。二人はその金で常々欲しいと思っていたカラーテレビやCD付きラジオ、ガスコンロ、服などを買った。しかし、二人の生活はもはや以前と同じではなかった。ティナはすでに子供が持てない体だった。このことが日々彼女を苦悶させた。コルネリオは畑に出てはみるものの、すぐに戻ってきて、酒場に入り浸った。責任感に満ち、働き者だったあの男の姿はもうどこにもなかった。段々と酒場が彼の生活の中心になっていった。

「金が尽きたら、どうするつもりなんだい」夫がまだしらふでいる間に、ティナは訊いてみた。

「どうするもなにも、金がなくなったら、畑に行くだけさ」

しかし、畑には戻らなかった。一人でカンクンへ行ってしまったのだ。お金が底をつき始めると、荷物をまとめて、不意にティナに言った。

「行ってくる。あっちから金を送る。金が届かなかったら、テレビとラジオを売れ」

結局、間もなくして、テレビとラジオは売らざるを得なかった。

「自分で働いて生きていくしかないんだ」トルティージャを買う金さえなくなったとき、彼女は自分にそう言い聞かせた。

ティナは近くの町に出て、飲み屋でウェイトレスとして働いた。その時はまだ自制心というものがあった。だが、そこで酒を飲むことを覚えた。

「あそこじゃ、何だってやらないといけない。最初はお客さんと一緒に酒を飲むだろ。それからお客さんと寝るんだ」アルコール中毒気味のうわ言のように、涎を垂らしながら話して聞かせるのだった。

深夜、酔っぱらった状態で家に戻り、そのままハンモックに倒れ込む。翌朝起きて、また酒を飲みに戻る。そんな生活が続いた。

ナサリオ一人だけは、事故に巻き込まれて死んだ娘に対する、キンタナ・ロー州タクシー組合からの賠償金を受け取らなかった。また、自責の念から、夢の解読という仕事も辞めることにした。

「俺はあの子供たちの命を救ってやれたはずなんだ。だけど、あの時、俺は力が十分に出せなかった。運命を解き明かす兆候はたくさんあったのに、意味を見つけられなかった。だから、俺の責任なんだ」彼はそう言って毎晩自分を責めた。

一〇月七日の後、子供が学校に出入りする入口は変更された。閉鎖された、以前の出入り口には、事故を忘れないために、九本の十字架が立てられた。

闘牛士

俺の名はアンヘル・バウティスタ。闘牛士だ。闘牛士としての名はマタシエテ（七殺し）。使ってくれるところがあれば、興業は絶対に失敗させない自信がある。どんなに大きな牛だろうと、俺が怖がったりしないことを知らない奴はいないはずだ。俺には怖いもんなんて何もねえ。どんなにずる賢い牛だって怖くねえ。きっちりかわしてやらあ。人間なんていつかは必ず死ぬもんさ。牛の角に刺されて死ぬんだったら、俺にとっては本望ってもんよ。

あちこちの村祭りで一一年間闘牛をやって来たが、その中で二回ほどひっかけられたことがある。だけどそれも勲章みたいなもんさ。昔は立派な闘牛場で腕を振るってみてえと思ってた。審判さんたちも闘牛のことに詳しくて、闘牛場を見に行く観客だってこの闘いのことをよく分かってるあの場所さ。だけど、俺は一度だって見向きもされなかった。勇気を振り絞って頑張ったってのによ。

俺の技だって注目してもらえなかった。ケープやバンデリージャ（銛）、サーベルの扱い方はいつも練習してたんだ。結局、運の神様からのお声はかからなかった。声がかかったとしても、多分そんとき俺はうんこを垂れてたのかもしれねえ。だから、気が付かなかったんだ。他人よりも目立とうとして、真っ黒な牛に一人で立ち向かったことがあるんだ。たしか、南の方のどっかの村の仮設闘牛場だったと思う。その牛は、ひと目見ただけで、ずる賢い牛であることが分かった。「ちょっとけしかけてあります」村の闘牛場の責任者が言った。「俺は近づきたくはねえな」俺はそう返事をした。観客は俺が慎重になってることに気づき、もしかしたら怖がっているのかもしれないと思い始めてた。本当のところ、俺は怖くてすでにちびってた。一回目のいなしの時に危うく引っ掛けられそうになっちまったんだ。「酒をくれ」と俺は助手の一人に頼んだ。するとすぐにマリンベーニョ〔ラム酒の商標〕を入れた俺の水筒をすぐにとってよこした。水筒の半分ほどのアルコールをがぶ飲みすると、アルコールの焼けつくような熱さでそれまでの恐怖心は吹っ飛んじまった。神業みてえに、稲妻の一撃を食らわせようと俺は牛に襲いかかった。観客は興奮したさ。村のやつらは闘牛がどんなものかなんて知りやしねえ。砂浜でお産でもしてる女みてえに叫びやがる。あんときはある酔っぱらいが最初からうるさく叫んでた。「くず闘牛士、自分の犬でも殺してろ」「牛が怖えんなら、自転車にのってとっとと帰りな」「入場料返せ。七殺しは怖がってうんこ漏らしてるだけじゃねえか」全部は聞こえなかったけど、他にも色々と罵詈雑言を並べてた。俺だって人間だから、ド素人からとはいえ、そんな酷いことを散々言われたら傷つくさ。だから、つい言っちまった。「お前も男なら、降りてきてこの牛をあしらってみろ」結局、その一言が仇になっちまった。酔っぱらいの回りにいた連中が、ケツの穴にチレ・アバネロを塗られたみたいにギャーギャー騒ぎ出しやがった。鬼の首をとったかのように俺を罵り始めたんだ。酔っぱらいに加勢したのは最初は酔っぱらいがいるボックス席だけだったが、段々と増えていった。酒の酔いが回ってきたせいもあってか、非難が飛び交う中で俺は自分がすげえ小さい存在に思えた。そんなときは、エネケン〔化学繊維が登場するまで様々な紐やロープの材料として広く用いられたユカタン半島原産のリュウゼツラン属の植物。サイザル麻とも呼ばれる〕の一年間の生産量にも匹敵するくらいの罵詈雑言を浴びたような気分だった。そんなにたくさんの悪口を並べられりゃ、誰だって心が折れる。だけど俺は、自分を奮い立たせ、目にもの見せてやるという意味を込めて腕を高く上げながら叫んだ。「闘牛士がどんなものかよく見てろ」俺は牛の真正面にすっくと立ち、けしかけた。一回目は見事にかわしてみせた。観客はかたずを飲んで見守っていた。もう一回やった。観客は大きな拍手をしてくれた。今度はケープを持つ手の方向を変えた。牛は俺めがけて向かってきた。だが、今度は引っ掛けられちまったんだ。太ももの皮がめくれるのが分かった。畜生。牛の角は筋肉の中まで突き刺さってた。押し倒された俺は地面に転がった。だが、幸いなことに、牛の野郎は闘い方の作法を心得ているらしく、俺に止めを刺そうとはしなかった。

「気分はどうですか」俺が担ぎ込まれた病院の看護婦が俺に訊いた。「何も感じねえ」俺は答えた。実際、その通りだった。まるで真っ暗なトンネルの中にいるみたいだった。周りでは人が大声を上げてる。何やら興奮して騒いでるんだ。俺は寝っ転がったままで、俺の足から血が流れるのを見て慌てふためいている人たちの姿がぼんやりと見えるだけさ。「大腿動脈がやられちまったのか。くそ。酒は絶対にやめるから、助けてくれよ」俺の体を助け起こした闘牛場の助手たちの青ざめた顔は状況の深刻さを物語っていた。一人がハンカチで傷口を押さえてくれた。「医者だ。医者だ」闘牛場の審判がマイクで呼びかけた。村の保健所で働いている医学部卒の研修生二人が闘牛場に駆けつけた。一人が止血をしている傍らで、もう一人が指を傷口に突っ込んで傷の具合を調べた。抜いた指には血がべっとり付いていた。「俺はもう駄目だ」気を失わないために、俺は呻き続けた。

最悪の事態は切り抜けられた。牛にやられたのは大腿動脈ではなかった。だが、あんときはマジで肝を冷やしたぜ。願掛けの方は、結局反故にしちまった。飲むのは止められねえんだ。闘牛をやってりゃ、明日にでも牛に殺されちまうかもしれねえ。少しくらい飲まなきゃ、こんな仕事やってられるかってんだ。糞食らえだ。これも神様の思し召しよ。俺たち、村祭りの闘牛士の持ち物は衣装だけさ。生命保険もなけりゃ、医療保険もねえ。俺たちにゃ、何もねえんだ。一回目のときは俺を雇った村役場が治療費を払ってくれた。二回目のときは、一回目の三年後だったが、そんときは何も払ってもらえなくて、病院のお情けで退院させてもらった。言っちゃあ何だが、俺たちは売春婦と同じような目に遭うことがあるんだ。やった後の体を洗うための石鹸を買う金すら取り損ねるのさ。

トランペットの響きは牛を入れる合図だ。「牛を出せ。牛を出せ」闘牛場の雰囲気は一気に熱くなる。これから始まるのはポスティンという闘牛だ。つまり、プロの闘牛士が登場する本格的なものだ。この闘牛ではマタシエテは付け足しみたいなもので、エリソンド・ガリードという新進気鋭の闘牛士の助手にまわる。聞くところによると、ビセンテ・フェルナンデスのランチェラを歌うのが得意なだけのようだ。プロモーション用のポスターにはいかにも闘牛士といった出で立ちの写真が載っている。「今最も勇敢な闘牛士がやって来る闘牛！」「全国のベスト闘牛場の覇者！」ポスターにはそんな見出しが躍っている。だが、若い女の子たちは闘牛士の格好いい写真だけを見ている。「このあんちゃん、随分と格好いいじゃない」自分が村一番のべっぴんだと思ってる女の子はそう言うだろう。

だが、ポスターの下の方に書いてある文字をよく見ると、入場料はあまりに高くて入るのを躊躇わせる。「入場料一人一〇〇ペソ。子供と老人は無料」

「ふええ。一〇〇ペソも出せば、マタシエテの闘牛を五回は見れちゃうわよ。そんだけじゃなくて、さらにマンゴーもいくつか食べられて、ビールだって飲めるわ」天狗の姉さんはそもそも闘牛には興味がないから、そんなふうに思うだろう。

だが、入場料は高くても闘牛を見に入る奴は大勢いる。ビールのケースを担いで来る奴もいれば、ラム酒をボトルに入れて来る奴もいる。闘牛場には規則なんかないも同じだ。そもそも、祭りというのは何でもありだ。

闘牛場には人を楽しませるものがたくさんある。牛いじりとかチャルロターダ〔仮装した闘牛士による模擬闘牛〕とか、人を笑わすようなものがいろいろとある。おとなしい牛だと、爆竹を結びつけてやる。尻に括りつけられた爆竹が鳴るのを聞いた牛はびっくりして飛び跳ねる。そうすると、筋肉の隅々までアドレナリンが行き渡る。後はバンデリージャを打ち込んでおいて、ケープであしらい、最後に仕留める。そうやって怒りと恐怖に慄かせておけば、牛の肉はどす黒い赤色になる。牛に止めを刺したら、闘牛場の周りには仕留めたばかりの牛の肉を売るための店が開き、肉を買おうとする人が押しかける。その肉で、みんなは大好きなチョコロモ〔牛肉の薄味スープ〕を作るのだ。チョコロモにはまだ熱くて、大量のアドレナリンでビクビク動いてるような状態の肉を使うのが一番いい。

誰だって女たちが作ってくれるとびっきりうまいチョコロモを食いたいものだ。科学的に証明されているわけではないが、それは一種の媚薬のようなものだ。性欲を満たそうにも、疲れや歳のせいで、あれが使い物にならなくなった奴らにはよく効く。「チョコロモを食ったら、祭りを一丁盛大にやるか」リビドーに駆られた老人たちは、元気だった往年を思い出しながらきっとそう言うだろう。

肉を売る台の周りにはトマトや香菜のシラントロ、束ねた赤かぶを売る女たちが群がる。

「さあ、お客さん、いらんかね。これがなきゃ、チョコロモじゃないよ。採ってきたばかりの新鮮な野菜だよ」声を張り上げているのは、もう何年も前からいろんな野菜を売っていることで評判のチラ・ルカだ。

霧が深く立ち込めたある日の早朝、彼女の旦那は幹線道路を走るバスに轢かれて死んだ。重たいバスの車体が小さな自転車にぶつかったのだから、旦那はひとたまりもなかっただろう。休息と記憶が支配するあの世への敷居を跨いだことにすら気が付かなかったはずだ。「この道路には車に轢かれて死んだ人を慰めるための十字架がいっぱいあるだろ。男たちは朝方畑に行くときに自転車であそこを通るけど、もしかしたら車に轢かれて死んじまうかもしれないって本当は思ってるんだ」一五年間連れ添った旦那の死を告げられたとき、チラ・ルカはそう言って悲しみを紛らせるしかなかったはずだ。

この祭りの闘牛には重要な役割を果たす人物がもう一人いることを忘れてはいけない。カトリック教会のネメシオ・ロリーア・ビジャフエルテ神父だ。村の連中は彼のことを〝チャランポン〟神父と呼んでいる。この神父は闘牛の熱狂的なファンなのだが、それ以上にお金に関して口うるさい。普段の話だけでなく、ミサの説教の中でもお金の話をすることを忘れないのだ。

「実は一儲けできる話があるんだ」

「それはどんなことですかな、神父さん」そう返事をする話し相手は何を隠そう村長のドン・カストゥロ・ピント・マルドナードだ。この男は村長になって、今回が四期目だ。

「日曜日のチャルロターダはあんたとわしが一緒に闘牛をやって、二頭くらいあしらってみてはどうかと思うんだ」

「神父さん、あんた、気でも違ったかね。何でわしなんだ。わしは仮にも村の命運を握ること四度目のカストゥロ・ピント・マルドナードだぞ。神様のご意思さえあれば、五期目だって務めていいと思っとる。もしかしたら、村の連中だけでなく他の村の連中の笑いものになるかもしれんがの」

「いいかね、ドン・カストゥロ、村の者はみんな貧乏なんだ。だから、闘牛の入りは良くない。最初の方こそいっぱいになったが、その後は全然駄目だ。闘牛は葉巻ばっかりで、刻みタバコは全然なんだ。ということはわしもあんたも損をするということだ。悪いときにあんたと組んで闘牛を落札してしまったもんだ。そこでだ。メリダのラジオで宣伝をしてみないか。『ネメシオ・ロリーア・ビジャフエルテとドン・カストゥロ・ピント・マルドナード。神父と村長、この二人が見事な闘牛を披露する』ってね」

「ちょっと待った。神父さん。どんな宣伝でも村長の名前が先に出るもんだ。わしの特権を犯してもらっちゃ困るな」

「好きにすればいい。どっちでも同じだ。大事なのは金が入るかどうかだ。わしらが子牛を使って闘牛士の真似事でもやってお客を笑わせりゃいいんだ。そうすりゃ客が少しは入ると思わんかね」

「冗談じゃない。州知事からどんな目で見られるか、考えただけでもぞっとする」

「それでも、やってみる価値はあるだろ」

「さあ、どうじゃろ。神父さん、少し考えさせてもらえるかの。わしは考えとるから、あんたはカワマ〔亀のように見えることからそう呼ばれるビールの大瓶〕でも頼んでくれ。わしのカミさんは酔っ払っても怒りゃせんのじゃ。夜遅くに帰ると叱られるがの」

「村長さん、あんまり時間かけるんじゃないよ。ほれ、若えの、お前たちもぼやぼやしてるんじゃないよ。村の偉いさんたちがビールを待ってるんだ。神父と村長だぞ」

「村長と神父だ。あんたよりわしが先だということを忘れてもらっちゃ困る。聞いとるか。忘れるんじゃないぞ」

「悪気はまったくもってないんだが、それ、笑ってもいいか、村長さん」


二人の笑い声はビール売り場に響き渡るくらい大きいから、周りにいる連中も思わず振り返って、二人を見てしまう。仮設の舞台ではビキニしかつけていない二人のダンサーが、ベナード・デ・ロス・テクラードスの演奏するシンセサイザーの軽快なリズムに合わせて体を揺すっている。顕になった彼女たちの下半身はまるでトレーラーの大きなタイヤのようだ。あの脚はもう大分フレグモーネが進行しているはずだが、二人はそんなことはお構いなしに、音楽のリズムに合わせて踊り続ける。「ねえ、サロメ、彼女を許してあげなよ。許してあげなよ」音楽のリズムがテンポを増せば、腰や手、胸も激しく揺れる。額には汗がにじむほど踊っているが、彼女らが昼から真夜中までショーをやって稼げるのはわずか九〇ペソだ。ただ、ショーの合間には客のおごりでビールを飲ませてもらうこともある。

「いいぞ、ミラ・チャン。もっと体を動かせ」随分と酒を飲んで酔っ払った男の中には、ダンサーたちのパトロンになったつもりで、声を張り上げて、そう叫ぶ奴もいる。

ミラ・チャンはこの村で生まれ育ち、堕落したダンサーだ。だから、彼女を贔屓にする者たちも多くいる。なにより彼女は酔っ払いたちの掛け声に応じて、惜しげもなく手足を大きく広げ、さらに激しく体を揺すりながら踊って見せる。ショーの合間には贔屓にしてくれる者たちのテーブルに行って、彼らからビールを奢ってもらう。そして笑顔を振りまきながら、彼らの話し相手をするのだ。大胆な奴にいたっては仲間たちの嫉妬といやらし気な眼差しを気にも留めず、彼女を自分の膝に抱えたりする。疲労と酔いでミラの理性が十分に働かなくなっていると見るや、まだ酔っ払っていない男は彼女を人目に付かないところに連れて行って、適当な場所で好き放題。つまり、彼女とセックスをする。ミラ・チャンは酔いが醒めると、今やだれもいない家にそそくさと帰る。以前は旦那と二人の娘がいたのだが、ある不幸な出来事で娘たちを二人とも亡くしたのをきっかけに、旦那が彼女のもとを去って、今のような惨めな生活をすることになった。これについては、いずれまた機会を改めて話すことにしよう。

闘牛が村の人たちの心に根付くこととなったその経緯については神父は元より誰にも分からない。村の連中は、祭りの期間中は賭け事が禁じられることは仕方ない、と思っている。ルーレットや〝ボールはどこに行った〟、ダイスのように、運が良ければ何かいいことがあるかもしれないと考えるお人好したちから、ずる賢い奴らが金をむしり取るような賭け事は一切が禁じられるのだ。賭け事がどんなに好きな奴でも、祭りのときだけは我慢する。だが、闘牛がなくなるなんてことはあり得ない。そんなことは誰にも考えられない。もう何年か前の四月のことだが、役場が近代化を理由に闘牛場を作る場所を突然変えようとした。すると、そのことを知った村の連中はみんな腹を立てた。中には役場を銃で襲撃することさえ考えた者もいた。結局、連中は村役場に襲い掛かって、火をつけた。連中が放った火のせいで、長年行政府として機能してきた建物は焼け落ちてしまった。火を消し止めようとする者は誰一人いなかった。命からがら逃げだした警察官たちは警邏棒とライフルを忘れて来てしまうほどのありさまだった。村長はその日から姿をくらました（ところが、火事があった日から二週間後に、村長は軍隊を引き連れて戻ってきた。そして、住民に向かってこう言った。

「火をつけた奴らはみんな牢屋に入れる」

それでも、住民の代表者は言い返した。

「住民の誰かが牢屋に入ることになったら、あんたとあんたの家族みんなを焼き殺してやる」）

〔この括弧の部分はスペイン語版からの訳。マヤ語版では「それ以来、村は地図から消えてしまった。何もかもが焼けてしまったのだ」〕。

「村の連中には干渉しない方がいいんだ」神父がそう言った。「よくしてやったって、屑扱いされる。おばさんたちと話をしようもんなら、好色呼ばわりだ。ビールを一杯飲んだだけで、酔っ払い。若い男と仲良くすると、ホモセクシュアル。何をしたって、防ぎようがない。あいつらと付き合うにはエイズ患者と同じくらい細心の注意がいるんだ。近寄っちゃいけないし、色恋沙汰なんてもってのほかだ。うつされちまう」

ポスティンの闘牛が終わったことを告げるトランペットの音が鳴ったようだ。今日の午後闘牛に出された最後の牛は柵に戻されたはずだ。殺すのがもったいないからではなく、闘牛で仕留められるのは最初の一頭だけだからだ。他の牛は、別の村の祭りでまた使われるのだ。

「ひでえよな。闘牛用の牛は実は本物の闘牛じゃねえ。しかも、闘牛士ときたら酔っぱらってるか二日酔いだ」村長ことドン・カストゥロが不満をぶちまける。「だけど、幸い今回は客の入りがよかった。おかげで闘牛士にちゃんと金が払える」

二人は闘牛場の真正面にあるビール売り場でまだ飲んでいる。〝チャランポン〟神父が泡一杯のビールを高く差し上げて、周りにいる人たちに向かって乾杯をしてから、村長に向かって言う。

「分かっただろ。金を儲けようと思ったら、あんたとわし二人でチャルロターダをやるんだ」

「冗談じゃねえよ、神父さん。公職にある人間には倫理と道徳心というものがあるんだ」

すでに大量のビールを飲み、何年も飲み続けているのでそれもカウントすれば相当な量なのだが、へべれけになった神父は椅子から不意に立ち上がると、両手でお腹を抱えて前かがみになった。

「神父さん、どうかしたのかね」

「何でもねえよ、村長さん。ただ、その倫理と道徳心というのを聞いて急に笑いたくなったんだ。笑っちまったら失礼だから、ちょっとこらえてるだけなんだ」

「言った通りだ、神父さん。あんたの言葉にゃ、とげがある」

「祭りが終われば、みんな何がしか儲けてるのに、俺だけ損してるな」マタシエテは不満げに呟く。肩からはケープを垂らし、擦り切れた闘牛士の服を着たままの姿で、明日になればまた人通りも少なくなる通りを、村の連中が行ったり来たりしているのを眺めている。「仕方ねえ。次の闘牛に行くとするか」

荷物を手に取ると、歩き始める。そして、片手を軽く振り上げ、村に向けて別れを告げる。「馬鹿野郎」

占い師の死

1

ここまで来てしまった。ここまで！　どうせこの世にいる限り、俺は何もかも終わったんだ。もうどうしようもない。俺の心臓はまだ元気かもしれないが、心は空っぽで疲れ切ってる。俺の体には孤独が棲みついて、骨の隅々までぼろぼろに錆びついてる。そうなんだ。もううんざりだ。体の中の魂だって干からびちまってる。からからさ。俺は一滴の水さえない井戸だよ！　ここに暮らしてる者はみんな疲れてる。俺だけじゃねえ。大地だってそうさ。だって、大地の奥深くまで種を撒いてやってるってのに、何一つ返してくれないんだ。

これは俺の最後のミルパだ。そして今日で俺の畑仕事は終わりだ。見ろ。大地の殻を破って、トウモロコシが頭を出し始めてる。芽が出たんだ。残念だけど、俺はこいつが大きくなるまで世話はできない。収穫をすることもなければ、甘いトウモロコシの実を食うこともない。だけど、俺はまともにトウモロコシの収穫ができたためしなんかない。俺は種を撒くのが下手なんだ。お前は種をまくのが上手だったよな。俺だって精いっぱいやったんだ。種まき棒をしっかりと握って、大地の表面を力いっぱい突き刺した。黄色いトウモロコシの粒を大地の割れ目に、愛を込めて丁寧に放り込んだ。

あれはいい棒だった。何年も付き合ってくれた。俺の人生がもう長くないことを知らせてくれたのもあいつだった。持ち上げてから軽く下に落としただけなのに、地面にぶつかった瞬間、種まき棒の先っぽはガラスみたいに砕けちまった。「これは何かの悪い知らせだ」俺はその時、そう思った。「鉄でできてるのに、なんで粉々になるんだ」その日の午前中、俺は自問自答した。まるで、死んでしまった愛しい人を抱きかかえるみたいに、俺は砕けた種まき棒の破片を拾い集めた。泣き叫びたい気持ちだった。いつもそうなんだ。俺はいろんなことで悲しくなるんだ。ずっと独りぼっちだから、頭が変になってるのかもしれない。いや、孤独だからじゃない。あいつが俺の命をずっと吸い取ってたんだ。夕べ俺はあいつの夢を見た。夢の中であいつは俺の体の一部だった。俺の腕はあいつだった。俺の心臓は、種まき棒を大地に突き刺すとき、それが壊れないようにするためにはエネルギーを送ってやらねばならないことを知っていた。あいつが粉々に壊れたとき、俺の心臓は何かを痛がっていた。そんな夢だった。目が覚めたとき、俺が感じたあの予感が間違いではなかったことが理解できた。俺の命は種まき棒と一心同体だった。それが壊れたことは一つの前兆だったんだ。日数を計算してみた。ちょうど今日がその日なんだ。

俺はほつれたハンモックの下に一握りのシプチェ〔キントラノオ目ブンコシア科の被子植物の木〕とショルテ・シュヌーク〔クマツヅラ科の被子植物の木〕、シュ・カカルトゥン〔シソ科の植物。学名 Ocimum micranthum willd〕を置いている。今日の午後、俺はこの薬草で自分の体を清めた。それに俺に夢占いをする力を授けてくれた神々も呼んでおいた。預かっていたジャガーの木の種を返さねばならないんだ。もうすぐ来るだろう。そんなに時間はかからないはずだ。眠くなってきた。すり潰した薬草から出る臭いが眠気を誘っているんだ。でも、まだだ。まだ眠らないぞ。夜はまだ浅い。寝てしまうのはもったいない。俺は夜が好きなんだ。夜はいつだって美しいもんさ。星は天空に広がる真っ黒な髪の毛を飾る輝きだ。ミルパの中にある椰子の葉で葺いたこの掘っ立て小屋でハンモックに横になってると、屋根に開いた穴からチラチラと輝く星が見えるんだ。屋根を修理することを考えたこともある。でも、思ったんだ。「直してどうする」お前が行っちまったとき、そう思った。そもそも屋根に上ったり下りたりする力はもう俺にはない。それに、もう直す必要もない。一体誰のために直すんだ。誰もいないじゃないか。俺の名前を憶えていてくれる奴は一人もいない。悲しいかな、俺が死んでも、泣いてくれる奴なんかいないんだ。死んだ俺の体を見つけてくれる奴すらいないだろ。こんな森の中まで来る奴なんてほとんどいない。それに見つけてくれたとしても、主の祈りやアベ・マリアを唱えて弔ってくれるような慈悲深い奴とは限らない。あっ、またお前か。忌々しい鳥だ。不吉な声で不幸を知らせるフクロウ。もう俺のところに来る必要はないんだぞ。全部分かってるんだ。覚えてるか。お前言ったよな。この不吉な鳥に歌を歌ってもらったら楽しいかもしれないって。だけどよ、真夜中にこの忌まわしい鳥がやって来て、近くの家の屋根にとまって金切り声をあげたら、どんな感じがするか考えてみろよ。命の灯が消えようとしている人の道を街灯のように照らしだすんだぞ。あの大きくて丸い、くすんで麻痺したような目で睨まれたら、怖いったらないぞ。いやな鳥だ。もう黙れ。ハハハハ。きっと、俺が墓に入ることはないな。花さえ供えてもらえない。ここにフェブロニオが眠る、とか誰かが書いてくれるなんてあり得ない……。お前もつらかったんだろうな。お前、何で死んじまったんだよ……。

子供たちがもう二度と戻って来ないことが分かったとき、あいつは悲しみに連れ去られた。あいつはむしろそのまま目を閉じることを望んだんだ。最初はファビアンとティルソの二人の姿をもう一度見るという希望を捨てていなかった。忍耐強く、二人の帰宅を待ち続けた。だが、時の流れはまるで足に障害を抱えていて、うまく歩けないかのようにゆっくりとしか進まなかった。それでも時間は次第に不安を募らせていく者の苦悩や苦痛の大きさをきちんと測っている。待つ時間が長くなれば希望もやがては尽きてしまう。一方、子供たちがやって来るはずの道を何度も何度も眺めていると、そのうちにその姿が見えるようになってしまう。

「きっと戻って来るわ」毎日何度か甲高い声で叫んでいた。「生きてるよ。だから、きっと戻って来る」俺は何度も言ってやった。覚えてるかい？　ハナル・ピシャン〔年に一度万霊節の時に帰って来る死者の霊魂を迎える祭祀。「霊魂の食事」を意味する〕の時期になると二人とも祭壇から片時も離れなかったよな。昼も夜も、祭壇に置いた食べ物をじっと見てた。息子たちの霊魂が帰って来て、俺たちが用意しておいた料理を食べてることを示すような変わった動きがありはしないか、注意してたよな。動いたらそれは息子たちが死んでることになる。だけど、何も起こらない。帰って来てることを示す兆候は一つもなかった。「分かっただろ。死んじゃいないんだ。きっと遠くに行ってて、なかなか戻って来れないだけなんだ」俺がそう言うと、お前は目に涙をいっぱい浮かべて、力を振り絞って俺に何度も言ってた。「そうね。死んでなんかいないわ」

　二人が行ってしまってからどれだけの年月が過ぎたか、俺は数えることさえもう忘れちまった。だけど、もう随分と昔のことなのだけは確かだ。たくさんの月が出て、たくさんの太陽が沈んだ。たくさんだ。ファビアンはいつも、犬みたいに出歩く奴だった。ミルパに行くと何日も戻って来なかった。「トウモロコシを食っちまうチョマク〔スペイン語でコヨテとも呼ばれる狐のような動物〕を見張っていたんだ」そう言っていた。そんなことは誰も信じなかった。あいつは口からでまかせを言う奴だったから。だけど小さいときは、話し始めてもいい頃になっても何もしゃべらなかった。だから、優しい母親だったお前は心配になって、俺に言ったよな。「森に行って、ストゥプ〔キントラノオ目トウダイグサ科ハズ属の木。学名 Croton sutup Lundell〕の木を採って来てくれるかい。この子の口に当ててやるから」って。あいつの口に当ててストゥプを回してやったら、言葉の扉が開いたみたいにすごくしゃべり出して、俺たちは驚いたじゃないか。何でもかんでも質問して、話すのを止めなかった。夜になって寝てるときだって、何かをしゃべってた。「おい、ストゥプを反対に回してみようか。しゃべらなくなるかもしれないぞ」俺は頭にきて、そう言った。そしたらお前は「馬鹿なことを言うんじゃないよ。罰が当たってしゃべれなくなったらどうするんだい」って言ったっけな。あいつはいい奴だったよ。俺にはなくてはならない右腕だった。コアを握らせれば何でもできた。マチェテなんて当たり前。最初は森の警備の仕事から始めたんだよな。牧場の囲いの杭打ちをやってた。その内、遠くに行ってしまった。一度戻って来たかと思ったら、今度はティルソを連れて、また行っちまった。「ここにいて、一体何をするんだ」弟にそう言った。「みんなもあっちに行くべきだよ。父さん、あっちに行けば仕事がいっぱいあるんだ」「行けないわけじゃないが」俺がそう言うと、あいつは「じゃあ、行こうよ」って言った。「まあ、慌てるな。もう少ししてからだ」って答えたけど、それも叶わなかった。ここには俺のものは何もない。への緒だってない。俺が生まれたのは森のもっと奥だからな。ああ。もう何も見なくなってきた……。まだ行くなよ。まだ時間じゃない。ちょっとだけ待ってくれ。ほんの少しでいいから。それにまだ夜は始まったばかりじゃないか。

2

村の者が知っているのは名前がフェブロニオだったということだけです。ある日、もう随分と昔の話ですが、組合にやって来たんです。そしていきなり私にこう言ったんです。「自分でトウモロコシ畑を作りたいんだが、土地がない」よそ者だということは村のみんなが知っていました。ひどい下痢をしてる状態で仲間に運ばれて来たんです。連れてこられた時は、ひどく痩せてましたよ。それは今も変わっていないかもしれないが。なんにせよ、ひどい病気にかかっていた。それをフ・メンが治してやったんです。あの頃、私はまだ若かった。だけどよく覚えていますよ。きっとここが気に入ったんでしょう。すぐに足の不自由なセバスティアンの娘と一緒になりましたからね。私が言ってることは全部本当ですよ。どうぞちゃんとメモしといて下さい。なんなら他の人に確かめてもらって構いませんよ。そのために仕事をなさっているのでしょうから。仲の悪い人が誰かいたかですか？　私が知る限りでは、そんな人は誰もいませんね。神のような心をしていたかと言えば、そうでもないが、悪魔の子だというわけでもない。そうだなあ。酒はやりませんでしたね。実際、森に引きこもってましたよ。何日もミルパに入ったままだった。特に奥さんが死んでからはそうだった。さっきお話しした、あの足の不自由なセバスティアンの娘さんですよ、警部さん。ああ、そう言えば、その男はミルパを作る森を欲しがってた、ってさっき言ったでしょ。そんで私は言ってやったんですよ。「パトさんの森からカシアーノさんの森までの間の二〇〇メカテ〔一メカテは二〇平方メートル〕を使えばいい」って。それっきりですかね、話をしたのは。組合の仕事をしたのはそのときだけですよ。もちろん子供はいましたよ。だけどみんなどっかに行っちゃったみたいです。中にはメキシコよりも北の方へ行ったんだって言う人もいます。考えてもみて下さい。遠いでしょ。帰って来れるわけがない。ああ、そう言えば、どの森を使えばいいか教えてやったときに、その男が何と言ったかお話ししてませんでしたね。「ありがとうございます。農地改革省のお役人さん」返事はたったそれだけですよ。土地がいくらするのかすら聞かなかった。帽子を被ると、すぐに出て行ってしまったんです。私は忘れていたことに気がついて慌てて訊いたんです。「おい、ところで、あんたはどこの人だね」男はもう外に出てしまっていたんですが、私の方を振り返えりもせずに、こう言ってました。「私はこの村の者です。ただ、東の方に行って四つ目くらいの小さな集落ですけどね」「じゃ、そういうことにしておこう」私は心の中でそう呟いて、もう何も言いませんでした。警部さん、この男は死んでからもう数カ月は経ってると思いますよ。それに殺してくれって頼まれたって、誰もそんなことはしませんよ。この辺りではあの世に誰かを送ってやろうなんて考える奴は一人もいません。死ぬ人は自分一人で勝手に死ぬんです。だけど、そんなことは警部さんの方がよくご存知でしょう。そのためにお仕事をしてらっしゃるんですから。

3

記憶にはそれをしまっておく檻というものがない。一旦羽ばたくと、もう誰にも捕まえられない。思い出すことは楽しいことだ。だけど、過去の灰を引っ掻き回すことで不快な思いをすることもある。もしかしたら、火が完全には消えていない炭があり、火傷をするかもしれない。俺は記憶の灰をほじくっていて、思わず立ちすくむことがある。親父の声が聞こえてくることがあるんだ。「いいか、フェブロニオ。家で大人になるのは良くない。ましてや、お前には母親がおらん。わしらよりも先に行ってしまうたからのう。だから、お前に仕事を見つけてやった。仲介人のディオニシオと話はつけてある。今日にも材木の切り出しの仕事に連れってってくれるはずだ」嬉しくない言いつけでも黙って従うのが昔のしきたりだったから、俺は日が昇る前にコアとサンダルをサブカンに突っ込んで出かけた。いやあ、材木の切り出し人夫の生活といったら大変なもんなんだ。セドロ〔杉の一種〕やマホガニーの木を探しにジャングルの奥深くに入らないといけない。切ったら、今度はでかい丸太を動かさないといけないだろ。製材所まで運ぶのが一苦労なんだ。すり潰したチレを入れた酸っぱいポソレ〔石灰を加えて茹でたトウモロコシを碾いて水に溶かした飲み物〕を飲むだけで何日も仕事をすることもある。ジャングルの中の暑さと来たら、泣きたくなる。木を伐る仕事はだいぶ長いこと続けた。「お金を貰えますか」ある日、俺は仕事に連れて行ってくれた仲介人にそう切り出した。「仕事はもう辞めるのか？」「ええ、もう結構です」俺はそう返事した。「お前の金は州都のペニンスラール銀行に預けてある。だが、全部お前がとっていいわけじゃないぞ」家に帰ってみると、家は幽霊が出てもおかしくないもぬけの殻で、侘し気な風が吹き抜けていた。親父は俺を追い出したかったんだ。人から聞いた話だと、俺が家を出た後、村の女を連れてどこか遠くへ行っちまったんだとさ。ハハハハ。俺は思わず笑っちまったさ。憎しみも湧かなかった。「親父があんなことを言ったのは、俺をさっさとどっかにやっちまいたかったからなんだ」仕方あるまい。生まれた村にいる必要もなくなってしまったから、俺はまた材木の切り出しの仕事に戻った。仕事の最中にハルトゥンの水や汚い水を飲んだりしたから、俺は病気になっちまった。赤痢はとんでもないやつだ。腹は四六時中痛くなるし、しょっちゅうトイレに行きたくなる。屈むんだが、ガスが出るだけで何も出ないんだ。立ち上がると、またすぐに腹が痛くなる。俺は日増しに容態が悪くなった。熱も出てな。ある晩なんか、永遠に夜が明けないんじゃないかと思うくらい、長くつらい夜だった。仕事の仲間たちが俺をこの村に連れてきてくれた。野営地からはここが一番近かったんだ。長い棒に吊るされたハンモックに寝かされて、何キロもぶらぶら揺らされながら運ばれてきたんだ。ゴミを運ぶみたいに、俺はフ・メンのところに連れて行かれたってわけさ。何をされたのかは分からない。だけど、フ・メンは俺を治してくれた。「森に戻ったら、今度は生きて出られないぞ」フ・メンは俺にそう忠告した。別にそんなことは怖くはなかったが、あの生活にはもううんざりしていた。だから、村はずれに小さな家を建てて、そこで暮らすことにした。そんな俺の存在に気が付いた奴がいたかは知らない。お前だって、自分の村に人が一人増えたことなんか気が付かなかっただろ。

　貰える仕事は何でもやった。下草刈り、伐採、枝打ち、柵作り。あらゆる仕事をやった。あの頃はまだ材木の切り出しで稼いだ金がいくらか残ってた。家から離れるときは、お金を置いておかねばならないから、気が気じゃなかった。だから、その金で自分の土地を買うことにしたんだ。エヒード〔村の共有地〕の組合長のところに行って訊いた。「畑仕事をする土地を貰うにはいくら払えばいいですか」単刀直入に訊いた。「これだけお金があるんですが」組合長は交渉に応じてくれた。「数日貰えれば、やってみよう。ただし、少しだけ先に払ってもらおうか」土地は貰えた。しかも、いい土地だった。多少高かったけど、おかげで力が湧いた。それがこの土地さ。それで食いっぱぐれることはなくなった。組合長さんは何をしたのか俺は知らない。後で知ったことだが、その件で組合長さんはエヒード仲間と一悶着あったらしい。だけど、俺にはもう関係ないことさ。俺は鷲の印章の入った紙を持ってるんだから。そこには土地の持ち主の名前がちゃんと書いてある。つまり俺の名前が。どんな土地であれ、自分の土地を持つってのは嬉しいもんさ。もちろん農場なんかと比べちゃいけない。ほんの少しでもあればそれでいいんだ。「何事も初めは少ないもんさ」俺は声に出さずに心の中でそう思った。

バイレ〔村祭などで開かれる楽団の生演奏による舞踏会〕のときのこと覚えてるかい？　俺は暇つぶしのつもりでバイレに行ってた。女の子を見ながら、その内どの子かに声をかけてみよう、そんなことを考えていたら、あるバイレでお前を見かけたんだ。

あいつからは幸せが溢れ出ていた。俺はあいつに目を奪われちまった。俺の視線に気づくと、あいつは二つの真っ黒な目で視線を返してくれた。どこからあんな力が湧いてきたのか覚えてないけど、あいつと一緒にいる人たちのことなんか気にも留めずに、自分の思いの丈をぶつけてしまった。「俺踊れないんだ。別に踊り方を教えて欲しいんじゃないんだけど、君の名前を教えてもらえるかな」あいつは即座に応えた。「エウメニアよ。私のお父さんは、みんなが足の不自由なセバスティアンと呼んでる人」それだけ教えてもらえれば、後は何とかなる。その晩あいつは俺の夢の中に出てきた。次の日も、その次の日も。お金があればどんな馬鹿でも頭を使うようになる。実際俺がそうだった。しくじらないためにはここは策を弄さない方がいいと自分に言い聞かせた。村の司祭に頼むべきだと思った。「エウメニアとの結婚の許可を取り付けて頂ければ、この札束を差し上げます」やっこさんは最初拒否した。「よくもそんなことを抜けぬけと言えたものだ。わしを悪魔の前に跪かせるつもりか？」「つまり、お願いできないということですね」俺がそう言って立ち去ろうとすると、司祭は俺の肩を掴んで引き留めた。「悪魔の子よ、結婚の申し込みをするのに必要なものを全部揃えて持って来なさい。手伝って上げよう。私たちは今、お金がなくて困っておるのだ。結婚式の費用は別に払ってもらわねばならんぞ」エウメニアは俺には出来過ぎた女だった。病気もしなかった。ところが息子たちが行ってしまってから全てが変わった。息子たちはあいつの喜びを持って行ってしまった。悲しみがあいつの体に住み着き、あいつの心をずたずたにした。俺に対するあいつの愛情は少しずつ枯れて行った。そして俺たちは見知らぬ他人のようになってしまった。ただ惰性だけで一緒に暮らしていた。愛情にはひびが入り、もう修復の施しようがなかった……。あいつの最後の日となった朝、あいつは昔のように無邪気に笑ってくれた。その前の晩に、村にある家の屋根の上で歌ったフクロウが、あいつの愛情を呼び戻してくれたんじゃないか、と俺は思った。

「嫌な鳥だねえ。魔除けに灰を撒いとくれ」お前は顔に恐怖の色を浮かべて俺に頼んだよな。さらに「それから屋根に石灰で十字を書いておくんだよ」って付け加えた……。可哀想に、怖かったんだ。だけど、あいつはその鳥の鳴き声が自分に向けられたものであることには気が付かなかった。次の日の午後、あいつはずっと笑っていた。自分で編みあげたばかりのハンモックに乗って楽しそうに体を揺すっていた。家の梁に吊るされた弓なりのハンモックの揺れが大きくなると、あいつの笑い声も大きさを増した。「お前、頭がおかしくなったんじゃないのか。トウモロコシの穂みたいにただ揺れてるだけじゃないか」あいつが訳もなくずっと笑っているのに閉口してきた俺はそう言ってやった。あいつがいつ死んだのか、俺は気が付かなかった。気が付いた時には、眠っていたから、そのまま寝かせておいた。翌日、起こしてやろうと思って、体を揺すってみたが反応がなかった。エウメニアはもういなかった。逝ってしまったんだ。あいつの体の冷たさは、疲れ果てた心臓に沈黙が侵入し、魂を引きはがしてしまったことを告げていた。

村のみんなに知らせた。「妻が死んじまった」その知らせを聞いても誰も憐れみの表情さえ見せなかった。「埋葬してやれよ」返事をしてくれた奴でも、たったそれだけだった。他の奴らはちょっとだけ俺を見て、それがどうしたといったふうに肩をすくめた。あいつが死んでも、あいつの家族は俺と駆け落ちしたことを許さなかった。司祭に払った金は結局無駄だった。彼の権威は何の役にも立たなかったんだ。それに、占いをやるようになってから、俺は村の連中との付き合いがなくなった。占いの仕事はあまり楽しいものではない。それは私情を挟まない仕事だ。死んだ妻には主の祈りとアベマリアを唱えてやった。体を洗ってやることも、人を呼んで贖罪の祈りをしてもらうこともできなかった。昼を過ぎてから遺体をハンモックに包んでやった。小さな手には小銭を少しばかり握らせてやった。口もなんとか開けて、その中にトウモロコシを何粒か入れてやった。それから樫の木の板で即席の棺を作って、その中に入れてやった。「あっちで、また会おうな」と言って、ひとまずの別れの言葉をかけてやった……。

お前、まだそこにいるかい？　俺が話しかけると、お前はいつも恥ずかしそうな顔をするよな。俺の思い出の中のお前はいまだに熱い炭なんだ。

4

いいですか、警部さん。その人はミサには一度も出てこなかった。まじめな信者だったとは決して言えません。たった一度だけ、今あなたとお話しているくらいの距離で話をしたことがありますが、それももう随分と昔のことです。雨は降ったものの、水は蒸発して全部消えてなくなった、そんな感じです。結婚の仲介をしてあげたんですよ。ご機嫌を損ねないよう、ちゃんとパンやビール、豆、砂糖なんかを持って行きました。普通は拒否しないものでしょう。でも、娘はやれないって言われた。つまり、断られてしまった。向こうのご両親は、その男はこの村の者ではないから、何かあったときはどうするんだって言うんです。すると、娘さんはその男と駆け落ちしてしまった。なんでそんな仲介をしてあげたのか、実のところ私にも分からないんです。きっと、その男がいい人に思えたんでしょう。でもはっきりしたことは分かりません。それからだいぶ経ってからですが、男が悪いことをしていることを知りました。いいですか。夢占いをしていたんですよ。しかも、占いをしてやっても金をとらないっていうじゃないですか。そんな奴はただのほら吹きですよ。でも何かそれなりの理由があったのでしょう。何の見返りもないことをやるなんて、あり得ないと思いますよ。村の中の誰でもいいから訊いてみてください。みんな同じことを言いますよ。その人が誰かに殺されたってことはないでしょうね。その人は寿命が来たから死んだだけのことだと思いますよ。夢占いをする人なんて、そもそも大した人間じゃない。だから、その男が姿を消したことには誰も気が付かなかった。この世に命を繋ぐ種のようなものは何も残していかなかった。ですから、ほじくり回すことは止めてください。その男は単に死ぬ時が来たから死んだだけのことです。

5

俺には学がない。そもそも読み書きを教わっていない。物事はすべて人の心の中に書いてあるんだ、と俺は思う。自分が他人の夢を占う仕事をするようになるなんて、思いもよらなかった。事前に訊いてもらえれば、きっとフ・メンか呪術師になることを選んだと思う。だけど、占いの力はセノーテの神が俺に授けてくれたものだ。占いで俺にできることは大したことじゃないかもしれないけど、助けてやった人は大勢いる。あれは正午ごろだった。俺は左手の人差し指を四つ頭〔マヤ語ではツア・カンと呼ばれる蛇〕に噛まれたんだ。腐った木を引っ張ろうと前屈みになったときだった。ウッ。何かの痛みを感じた。俺を救ったのは本能だった。すぐに右手にコアを握って立ち上がり、左手の人差し指を乾いた木の幹の上に置いて指の先を叩き切った。切った指の先からは熱い血が流れ出た。流れ出る赤い血は蛇の毒を押し流した。もちろん全部じゃない。だから、しばらくすると眩暈がしてきた。体は震え、意識は朦朧となりながら、俺は畑の中にある地下のセノーテへ向かって歩いて行った。やっとの思いで下まで降りた。残っていた少しの毒がすでに体中を駆け巡っていた。足は自分の体さえ支えられず、舌は口の中でもつれた。息をするのも苦しく、俺は死の淵で喘いだ。もはや夢と現実の境がはっきりとしない世界を彷徨っていた、ちょうどそのとき、洞窟の奥から一人の老婆が出てくるのが見えた。見たこともない程年老いた老婆だった。背筋は曲がり、歯は一本もなく、体からはすえた臭いが漂っていた。俺が地面に倒れこむと、老婆は手でセノーテの水を掬って、俺の頭にかけた。気を失ってしまう前に、緑色をした老婆の額の皺の間には苔が生え、蜘蛛の巣がかかっているのが見えたことを覚えている。口からは何やら古臭さを感じさせる音が出ていた。それは木の枝の間を吹き抜ける音のようでもあり、大地の奥深くに向かって流れていく水の音のようでもあった。

　俺はセノーテの中で三日間眠っていた。目を覚ましたときには元気を取り戻していた。切り落とした指の傷口は塞がり始めていた。老婆は私を見つめていたが、不敵な笑みを浮かべながら言った。「さあ、家にお帰りなさい。みんなが待っていますよ」そのときになって俺はやっと、エウメニア、お前のことを思い出した。老婆は俺を急かした。そして、俺の手のひらに一握りのチャクモルチェ〔占いで用いられる木〕の種を置くと、こう言った。「これはセノーテの神が思い出の品としてお前に下さったものじゃ。真っ赤な種は夢を占うため。淡い色の赤は悲しみ、くすんだ色の赤は孤独をそれぞれ和らげてくれる。大したものじゃない。お前には何の役にも立たないかもしれないが、記憶を辿るときには役に立つじゃろう」

俺が授かった能力を使ったのはお前が最初だった。覚えてるかい？　お前は通夜にいる夢を見たと言ったよな。だけど、誰も泣いてなくて、むしろみんな嬉しそうだった、って。全く不思議な夢だと俺は思った。俺は色の濃い赤の種を手に取り、それを自分の胸に押し付けた。すぐにあることが脳裏に浮かんだ。「お前、妊娠したんだ。男の子だ」一緒になってからもう三年も経っていたのに、俺たちにはまだ子供がいなかった。その時から、夢が何を意味するのか読み解いてほしいと言ってくる奴が後を絶たなかった。噂をする連中の口は緩いから、蛇がそこから忍び込んでたんだな。裸で恥ずかしいおもいをしている夢はこれから貧乏になることを意味している。空を飛ぶ夢は今住んでいるところが嫌になっているという意味だ。解読が難しい夢の場合には、教えてもらった別の種を握りしめた。するとすぐに頭の奥から光が差してきた。もらった種の中には、いろいろと試してみても、何の役に立つのか分からないものもあった。子供たちが行ってしまったことによるお前の悲しみを取り除いてやろうとしたが、できなかったし、お前が逝ってしまってから、自分の孤独感を取り除こうともしたが、それもできなかった。

思い出はたくさんある。その全部を辿っていたら、きっともう一回人生を送るのと同じ位の時間が必要だろう。実際のところ、人生なんて、そんなに長くはない。人生は大小さまざまな思い出の繋がりなんだ。心の火が消えても、人は死んでしまうわけじゃない。思い出によって繋ぎ止められたたくさんの、生きた証が消えていくだけだ……。

俺は自分でも何を言ってるのか分からないうわ言を言っているのかもしれない。俺が唯一うまくできるようになったことはトウモロコシを蒔くことだけだ。他のものを蒔いてもいいんだが、トウモロコシを蒔くことは命を蒔くことと同じなんだ……。自分の人生にどれだけの価値があったのか、俺には分からない。だけど、少なくともお前と一緒になれて、俺は幸せだった。お前の孤独にも、またお前を励ますことにも、俺は慣れた。実は俺だって子供たちのことは気がかりだったんだ……。もう夜も更けてきたな。俺の命もそろそろ尽きてきたようだ。後は気力だけだ。また明日も話をしような。

森に消えた子供

名前はアンヘルといった。天使を意味するその名前とは裏腹に、みんなを困らせるいたずらっ子だった。その子が繰り出すいたずらは子供の域をはるかに超えていた。子供が考えたいたずらとはとても思えないほど手が込んでいた。しかも、一つのやり方に飽き足らず、自分でいろいろ工夫を凝らしていた。いたずらは回を重ねるごとに巧妙さとインパクトの度合いを増していったため、村の人たちは次は自分が標的になるのではないかと心配するようになった。アンヘルは生き生きとした真っ黒な目をした男の子だった。特に悪巧みのことを考えているときの目は、献金箱の口のように大きく見開いていた。次はどんないたずらをしようかと考えているときには、真剣さを増したその丸い顔は、まるで前にかがんで静かに考えに耽っているロダンのそれであった。一旦考え出したら誰が何をしようと、周りのことには一切気が付かなかった。兄弟がどれだけ大きな声を出しても、学校で授業中に先生からどれだけ怒鳴られても動じなかった。一旦始めた思索から彼を解き放つためめの鍵は彼しか持っていなかった。彼が「ウウーグ」という声をあげると、周りにいる者たちは震えあがった。それはその天使のような子がこの世に暮らす全ての人々の平安を破壊する何かの悪巧みを思いついたことを意味していたからだ。彼からいたずらをされた人の数はすでに数百人に達していた。性別など関係なく子供であろうがお年寄りであろうが、また身障者であろうが、誰もが標的となった。そのため、この一見無邪気な子供が自分の近くを通るときは、みんな十字を切って祈った。その中でも、彼のいたずらの一番の標的となったのはうら若い女の先生だった。何故かって？　それは誰にも分からない。だけど、先生が顔を真っ赤にして涙を流している姿を見て酷く喜んでいた。自分の机の中にタランチュラがいっぱい入っているのに気が付いたときなんか、可哀想に卒倒しそうになった先生は、「この子は人間の子じゃないわ、アルーシュ〔普段は石ころの形をして転がっている精霊〕か悪魔よ」と言って、そのまま気絶してしまった。

この悪魔づいた子供には両親でさえ手を焼いた。「もうこれ以上いたずらをするんじゃないよ」母のドニャ・グラシリアーナは涙声で子供に言った。「座ってテレビでも見てなさい。でなきゃ、犬と遊ぶか宿題でもしなさい。いたずらのことなんか考えちゃ駄目だよ」だが、母のそんな注意が効くはずもなかった。誰が何と言おうと聞く耳を持たなかった。いたずらをされて酷い目に遭った人たちはみな、この子は頭がおかしいのだと言っていた。「酷いことをやるにも程がある」みんなが怒った。みんながどれだけの迷惑を被ったことか、その規模は計り知れないし、彼がいたずらをした回数も多すぎて数えきれない。ある日、自分の家で砂糖瓶の砂糖を塩と入れ替えた。姉は午後にコーヒーを飲む習慣があったのだが、弟のそんな悪巧みには全く気づかず、砂糖瓶に入っていた塩をコーヒーに入れてしまった。姉はコーヒーを一口飲むと跳びあがり、台所の方へ走って行って、口に含んだコーヒーを窓から吐き出した。塩の苦く、まずい味が喉に焼き付いた。むせながらやっとの思いで母に言った。

「母さん、母さん」姉は大きな声で叫んだ。しかし、塩の後味の悪さと弟のいたずらに引っかかった悔しさで、目からは大粒の涙が溢れていた。

その子はいたずらを仕掛けると、狩人のように身を隠して事の成り行きを見守った。姉が罠に掛かったときは、跳びあがって喜んだ。

「アンヘルが砂糖入れの砂糖を塩と入れ替えた」姉は母に訴えた。

ドニャ・グラシリアーナはこう言うのがやっとだった。

「まあ、またお前かい。お前に付ける薬はないね」

アンヘルは楽しみ方が人とは全く違っていた。パチンコで鳥を撃ち落としては楽しみ、木に登って鳩の巣を見つけると、卵を捨てて、代わりにビー玉を置いた。鶏の雛を追いかけまわし、捕まえては首を捻った。巣で卵を抱えている鶏には爆竹を投げつけた。兄たちが学校に持って行くカバンには石を詰めた。靴にはこっそりと虫を入れたり、唾を吐きかけたりした。土曜日の教会の教理問答では仲間の頭にチューインガムをくっ付けて回った。あろうことか、教理問答の若い女の先生のスカートをめくって先生たちを驚かせたこともある。ここまで来ると、この小悪魔は誰にも相手にされなくなった。誰も住んでいない古い家が火事になった件では、村の人たちはみんな、この子が犯人だと思った。

父のドン・エウフェビオ・サクンは、息子が家族だけでなく村の人たちとの間にも引き起こす軋轢を和らげるため、学校が休みの日に息子をミルパに連れて行くことにした。そうすれば兄や姉たちからぶつぶつ文句を言われずに済むはずだ。

「連れてって。連れてって。できれば、そのまま森に置いて来て。森に嫌われても、できるだけ長いこと帰って来ないで」兄姉は口を揃えて父に頼んだ。厄介者とは言え、子供たちがなぜそこまで自分たちの弟を毛嫌いするのか、父には分からなかった。エウフェビオにとって息子を一緒に森に連れて行くことは罰でも何でもなかった。嫌われ者の息子はそうした兄姉の言葉を意に介さず、平然としていた。パチンコを手に取ると、ずだ袋に放り込み、口笛を吹きながら家族に別れを告げた。

「行ってくるね」みんなに明るい声で言った。

男の子は道を歩きながら、流行りの歌を口ずさんだり、口笛を吹いたりして楽しげだった。父が急かさないと、途中で何かを見つけてそれに夢中になった。

村から離れたところにいると、子供は何かから解き放たれたように感じた。そこで焚き火をして、ミルパで収穫したばかりのトウモロコシの実を焼いて食べた。森の中にいることを楽しんでいるようだった。誰からも文句を言われず、叱られることもなく、怖い顔もされない。トウモロコシの穂が風に吹かれて揺れるのを見ているだけで楽しかった。森の奥深くからは猿の吠え声が聞こえた。次第に森の向こうに何があるのか知りたいという好奇心が湧き、そちらの方をずっと眺めるようになった。好奇心は高まる一方だったが、我慢していた。

「森に入れば、何かの動物に食われるかもしれないし、水や食べ物がなくて飢え死にするかもしれない」ミルパの周りに広がる森に入ってみたいという好奇心に駆られている子供に、父はそう言って聞かせた。話を聞いて怖くなった男の子は仕方なく、大きな木陰のある所に行って寝そべった。

「学校の休みがたった二日しかないのは残念だなあ」男の子は父に言った。

「お前は怠け者だからな。ロバになっちまうぞ」父は子供を叱った。

「僕はロバになる」男の子は父が言った言葉の意味もよく分からず、自分の耳を上に引っ張りながら、それを無邪気に繰り返した。そして四足になって、ロバの鳴き声を真似して見せた。父と息子の双方から笑い声が漏れた。

夏休みは普通は楽しいものだが、アンヘルの家族にとっては悲しいものとなった。大きな不幸が起きたのだ。全てはアンヘルが、夏休みにはミルパへ連れて行って欲しいと父にねだったことから始まった。最初エウフェビオは、息子を一人だけ森に連れて行くのは良くないと思った。

「いいんだが、他の者にも少しは手伝ってもらおうかな」エウフェビオはグラシリアーナに言った。

全員が賛成した。ただ、アンヘルの悲しい運命の歯車が動き出したことには誰も気づかなかった。

事件が起こった日、親子は明け方早くから森に出かけた。子供がまず最初にやったことは焚き火をするための薪探しだった。焚き火でトウモロコシを焼き、唐辛子とレモンを塗って食べた。食べ終わると、父がトウモロコシ畑で下草を刈り取る作業をしている間、家に持って帰る薪をせっせと集めた。息子は放っておくとすぐに遊びだすことがよく分かっているエウフェビオは、仕事をしながらも、息子から目を離さずにいた。その日はいつもと違って、アンヘルは鳥を捕まえるための籠を持ってきていた。おとりにつかうチャクツィツィブ〔コウカンチョウの一種〕も持ってきていた。男の子は父に罠を見せながら、罠を仕掛けるために少しだけ森に入ってもいいかと訊いた。

「ここには鳥は来ないから、そこの道の先の方まで行って、木の枝にこの罠を吊るしてくる」

エウフェビオは子供の言うことももっともだと思った。今二人がいるところに罠を吊るしても、別のチャクツィツィブが罠の籠に入ることはない。エウフェビオは後で、あのときあんなことを言わなければよかった、と後悔することになるとは思いもせず、息子の願いを聞き入れてしまった。

「あんまり遠くまで行くんじゃないぞ。それに道から外れるなよ。約束を守らないと、もう二度と連れてこないからな」父は息子にそう注意した。しかし、子供は父の言葉に従わなかったのだろう。夕暮れ時になっても息子が帰って来ないので、父は心配になってミルパの周りを捜した。

「アンヘル、アンヘル」と叫びながら、父はあちこち捜し回った。しかし、子供は見つからなかった。

日が暮れてしまったので、息子が森に入って出て来ない不安を抱えたまま、父は一旦家に戻った。村長が警察と有志を引きつれて、懐中電灯を片手に森に捜しに入ってくれた。捜索むなしくアンヘルは見つからなかった。次の日、プロの救助隊が捜査犬を引きつれて警察と一緒に森に入り、森をくまなく捜した。捜索は近隣の村にまで及んだ。捜索は来る日も来る日も数週間にわたって続けられたが、いつも空振りだった。結局何の手がかりすら得られなかった。子供が持って行った籠も靴も、服の切れ端さえも見つからなかった。ずだ袋も出てこないし、当然子供も出てこない。まるで大地が子供をそっくり飲み込んでしまったかのようだった。エウフェビオは絶望のあまり、エスピリティスタ〔霊媒師〕に金を払って、トランプや灰、祈祷など様々な方法で子供がどこにいるのか占ってもらった。しかし、エスピリティスタの能力をもってしても、いなくなった子供を見つけることはできなかった。がっかりしたエウフェビオは、今度はフ・メンに頼んだ。フ・メンは何時間もかけて、森の神々に対して子供を解放してくれるように祈った。

「子供を親元にお返しください。シュプフイ様、ツゥルン様。どうぞお放しください」フ・メンはマヤ語で祈った。

森の入口に森の神たちへの供物が置かれた。バルチェ、イス・ワー〔実ったばかりで完熟していないトウモロコシで作ったトルティージャ〕、アトレ〔すり潰したトウモロコシを溶かした飲み物〕、ピブ〔トルティージャを作るのと同じ材料を分厚く丸め、地面に掘った穴に敷き詰めた石を熱した地下オーブンで焼いたトウモロコシ・パン〕が供えられた。美味しそうな食べ物が用意されたにもかかわらず、森の神々はフ・メンを介した両親の願いに応えることはなかった。

フ・メンは両親に宣告した。

「子供は森に呑みこまれてしまったようじゃ」様々な憶測が飛び交う中で、両親にとっては、フ・

メンのこの言葉が最も納得のいくものだった。

「森の神様が連れて行ったのなら、元気でいるに違いないわ。生きてさえいれば、いつか戻って来てくれるかもしれない。数年後に何事もなかったかのように悠然と戻ってくるんじゃないかしら。そんなことってこれまで何度もあったでしょ」ドニャ・グラシリアーナはそう言って自らを慰めた。

いたずらをされて散々な目に遭った村の人たちでさえ、アンヘルの身に起きたことに同情した。きっと戻ってくると信じている者も多くいた。

「きっと立派なフ・メンになって戻ってくるに違いない。あるいは預言者として戻ってくるかもしれない」失踪者のことに詳しい連中はそう言い合った。

アンヘルが姿を消してからすでに数年が経っているが、近頃森の奥で子供が歌っているのを聞いた、と言う農民の数が増えている。その歌声は大きく、はっきりと聞こえたと言う。みんな口を揃えて、それは消えた子供の声にそっくりだったと言う。そう言いながら、怖がりの人たちは顔の前で十字を切り、別に怖くない人は肩をすくめてみせる。いずれにせよ、この事件があってから、父親たちは自分の子供を森に連れて行かなくなった。

「アンヘルに見つかって、仲間にするために連れていかれでもしたら大変だ」

白い蝶

一〇月の最後の数日間に森を埋め尽くし、人家の窓や入口からやたらと入って来る白い蝶を見たことはあるかい？　見たことないの？　年配の人たちがペペニートと呼んでるあの白い小さな蝶は人間の霊魂、つまり死んだ人たちの魂なんだそうだ。魂はマヤ語ではピシャンと言う。その魂は、誰も知らないどこかの場所から俺たちに会いに戻って来るんだ。そこは誰も行ったことのない、想像もつかないような場所だけど、確かにあるんだ。

「あの小さな蝶は霊魂だ。俺には分かる」ミラ・チャンの夫はそう呟く。彼の口から洩れるささやき声はその信仰が確かに息づいていることを示している。

それは太陽が激しく照り付ける日のことだった。ミラはいつものようにトルティージャを作っていた。彼女はトルティージャ作りにかけては誰にも引けを取らない自信がある。夫がミルパから帰ってくる頃には、その自慢のトルティージャがすぐに食べられるようにいつも用意して待っている。彼女は笑顔を添えてチョコサカン〔トウモロコシのマサを溶いた飲み物〕、つまり熱々のアトレをテーブルに出してあげる。どんなに暑くても、夫はチョコサカンが大好きなのだ。それに炙った玉ねぎとマシュ唐辛子をたくさん添えてやる。その日、二人が食事を始めると、何百という蝶々が辺りを舞い始めた。ちょうど一〇月の終わりの日だった。その虫たちは非常に迷惑でさえある。鍋にきちんと蓋をしていないと、その中に入り込んだり、トルティージャを作るマサに集ったり、あるいは人の頭に群がったりする。ドン・マクシミーノ・メシュ、ミラ・チャンの夫のことだが、彼は手でよけたり、帽子を団扇のように振って蝶々を追い払おうとしたが、全然駄目だった。蝶々は二人の周りを執拗に飛び回った。蝶々の一匹が突然ミラ・チャンの鼻の穴に潜り込んだ。彼女は苦しそうに顔をしかめた。鼻から虫を取り出そうと、息を止めて鼻から息を出してみた。何回やっても駄目だった。どうやっても蝶は出てこなかった。

とんだ災難だった。鼻の中で蝶がバタバタと暴れた。彼女のしかめっ面があまりに酷いので夫はつい笑ってしまった。ミラは我慢して食事を続けるうちに、不快さを少しずつ忘れていった。次の日彼女はハンモックから起き上がることはなかった。眠っている内に死んでしまったのだ。村の診療所の医師が出した死亡診断書には「自然死。外傷なし」と記載された。実はその医師でさえ死因を特定できなかった。唯一明らかなことは、暴力を受けたことが死因ではないということだけだった。実際、彼女の死は誰にも分からない謎だった。前日の午後、庭で家事をしている彼女の姿を目にした人はたくさんいた。

彼女の遺体をハンモックから降ろそうとしたとき、彼女の口は開いていた。その時の様子はたくさんの人が目撃していたらしいのだが、冷たくなって動かなくなった彼女の開いた口から一匹の白い小さな蝶が飛び出した。

「今の蝶は彼女の口から出てきたよな」不思議な様子を目の当たりにした人たちはお互いに確認し合った。

「ありゃ、昨日あいつの鼻に入った蝶だ」驚いている人々にドン・マクシミーノ・メシュが説明してやる。

故人となった彼女の口から出てきた白い蝶は、無邪気な子供のように遺体の周りを飛び回った。その後、上へ舞い上がると、開いている窓から外へ出て行った。蝶に気が付いた人たちは何かに憑かれたかのように、口を開けたまま、その様子をじっと見守っていた。

マクシミーノ・メシュにとって疑いの余地はなかった。妻の口から飛び出た白い小さな蝶は、妻の体から離れていく魂だ。あんなに優しかった妻の、もはや動かなくなってしまった妻の魂なのだ。

昔の人たちの言葉には何らかの真実が含まれている。それは、誰もいない場所でこだまする言葉のように、耳を傾けてくれる人はいないかもしれない。だが、ハナル・ピシャンの時期に無数の白い蝶が現われ、死者の祭壇の周りを飛び回るわけを疑う者はいない。その蝶は愛する家族に会いに戻って来る死者の魂なのだ。それは神様がお決めになられた、死者の魂が家に戻るために許された方法なのだ。

マクシミーノは気が落ち着くまで幾晩も妻を想って泣いた。今は一〇月の最後の日に白い蝶がやって来るのを心待ちにしている。その日はチョコサカンをたくさん用意し、それを飲みながら彼の周りを飛び交う蝶を目で追う。その中の一匹が、祭壇に供えたチョコサカンに寄って来て止まったら、彼にとってそれがミラの魂なのだ。

「よかった。やっと俺に会いに帰って来たんだね」彼は蝶に向かってそう言うと、彼女がいなくなってからの自分の生活を語り始める。

蝶が彼の手に止まれば、優しそうな眼でじっと見つめる。

「お前がミラの魂だってことは分かってるよ。あいつの口からお前が出てくるのを俺は見たんだ」

彼は蝶に向かって精いっぱいの優しさで話しかける。

ドン・マシート

マヤの人たちの間では昔から現代にいたるまでずっと、トウモロコシと鹿、それに人間の間にはそれぞれの特性を超えた何かの繋がりがあると言われてきた。これら三つは一つの霊で結ばれ、肉体を共有しているのだ。時としてこの関係性の宇宙論的起源が忘れられ、人間は必要性の名の下にトウモロコシや鹿を搾取したり、その関係性を軽視したりする。森に住む神々は、節度を守ってさえいれば、何でも許してくれる。だから、特に食糧難の時などはそうなのだが、殺される鹿や収穫されるトウモロコシは自ら進んでわが身を差し出しているのだと理解される。たとえば、鹿は食べ物となって自分のきょうだいを助けることを誇りに思っているのだ。トウモロコシは日々の食糧であり、鹿の肉は緊急時の食べ物だ。マヤの女たちは鹿の肉で美味しい料理を作る。それは森の神々への供物としても使われる。ボカディート〔タコスのような軽食〕を近所の人やコンパドレ、友人などにお裾分けすれば、村の辛い共同作業であれ楽しい収穫であれ、仕事を通じてできた友情が強化される。人間誰しも不幸はつきものであり、困っている時などはなおさらだ。

　この哺乳動物の肉のおいしさは、それを手に入れるのが非常に危険な作業を伴うだけに一入のものとなる。マヤブ〔植民地時代の文書で「マヤ人の地」を意味するものとして用いられたマヤ語〕の先住民村落で行われる狩りには無数のハプニングがつきものだ。獲物を追いかけるうちに、経験を積んだハンターでさえも、草むらに隠れたセノーテに落ちて複雑骨折をしたり、死んでしまうことだってある。怪我を負い、精神的に病むことになった者の中には事故の元となった動物を呪う者も出てくる。だが、マヤの人間はきょうだいを呪うことが良くないことくらい分かっている。人を呪えば自分の心を痛めつけ、自分自身を病と孤独の平原に追いやるだけだからだ。だから、心の嵐が収まったら、自分の考えを悔い改め、許しを乞うことで身を清める。動物の守護神や森の神々は常に人間の懺悔に耳を傾けている。人間は移り気で、何かの不運で体や精神が痛めつけられたりすると、何も見えなくなってしまうことを知っているのだ。

　村人が共同で行う狩りでは勢子《せこ》が大声を上げる。人と犬が一緒になって叫び声を上げながら鹿を追い込んで行く。狩りに出るのはお互いに嫌悪や反目を抱えた者であってはならない。もし何かで対立していたら、森の神々が反目し合っている者同士の目を塞いでしまう。それによって誤って相手を死なせてしまう事故だって起こりうる。狩りに乗じて普段の恨みを晴らそうとした者は決して少なくない。実際、誰かが撃った弾で死人が出た場合、その弾が流れ弾だったのか、それとも故意に発射されたものだったのかを特定することは困難だ。なんにせよ、村に暮らす人間にとって鹿は貴重なものだ。鹿は、この大地に暮らす人々が食べ物がなくて困っているときに、気前よく自らの体を差し出してくれるきょうだいなのだ。

鹿はそれ自体で存在しているものではない。鹿には悪辣な狩人や病気からその身を守ってくれる守護者がいる。その守護者に敬意を払わない者は自ら死を招くことになる。それを信じない者は、実際にどんな不幸が起こるか、自分の身で試してみるがいい。

「信じない奴は黙ってろ」村にたくさんある酒場のどこかでドン・マシートがそう怒鳴っているはずだ。彼の話の内容は毎日変わる。だから、彼の話を聞いてやってる飲み友達には、もはやどれも信じられない。アルコール中毒の彼が毎日語って聞かせるお話の主人公はいつも鹿だ。彼は自分が毎日酒を飲むことになった責任をすべて鹿に押し付けようとするのだ。

不幸が降り掛かって来るまでは、ドン・マシートは貧しいながらも顔を上げて生きられる農民だった。アルコール中毒になってしまった今では、もう誰にも顔向けできない。家族にもとっくの昔に見放されている。日々、村の酒場をあてどもなく放浪するだけの生活を送っている。東から西へ、北から南へ。一杯奢ってくれる人を求めて酒場を歩き回る。彼はいつも人から酒を恵んでもらってばかりいたわけではない。彼にも人に奢ってやるような時もあったのだ。彼は選ばれし者だけが持つことのできる力を手にしたことがあった。鹿の石を手に入れたのだ。それは森の神々が選んだ人間だけに授けられる、特別な力を持ったお守りだ。この石を持つことで森の鹿を好きなだけ自由に手に入れることができるようになる。

ある日、わしは鹿を撃ちに出かけたんじゃ。あの頃、わしの家ではみんな飢えで苦しんでおった。数日前にも鹿を見たばっかりじゃったから、いる場所は分かっておった。足跡や糞があったんじゃ。探しに行く必要もなかった。自分の方からわしのミルパにやって来たんじゃ。トウモロコシの乾燥した葉っぱを嗅ぎ回っていた。雲はどこに行ってしまったのか知らんが、その頃は雨が全く降らなかった。一滴たりとも落ちてこんのじゃ。わしはただ黙って鹿の様子を伺った。大人の雄じゃった。そりゃ、見事な鹿じゃったよ。体全体にみなぎるあの美しさとオーラを言葉で言い表すのはとても無理じゃ。こいつを仕留めようと思ったら、急に哀れに思えてきてなあ。だが、わしは物音をたてんようにそっと猟銃を取りに行って、鹿に狙いを付けた。そん時は心臓が飛び出て来るんじゃないかと思うくらい緊張したわい。気持ちを落ち着かせられないまま撃ってしまった。撃った後で、的を少し外していたことが分かった。鹿にはちゃんと当たらなかった。じゃが、後ろ脚に散弾が当たったらしく、鹿は後ろ脚を跳ねた。弾はちゃんと当たらなかったが、怪我は負わせた。それは確かじゃった。逃げた足跡には血が残っていた。傷から流れる赤い血の付いた、その足跡を随分長いことを追って行った。茂みの奥に鹿を見つけたんじゃが、そん時、鹿はもう虫の息じゃった。息の根を止めようと、猟銃で頭を狙ったんじゃが、もうその必要もなかった。わしが引き金を引く前に、鹿は息絶えたんじゃ。死ぬ時に鹿は何かを吐き出した。緑色をしたその吐いたものの中に光る鹿の石があったんじゃ。その石はわしに全能の力をくれた。石を持っている間、わしの家が飢えで苦しむことはなくなったんじゃ。

鹿の石はシリコテ〔ムラサキ科カキバチシャノキ属の木。二、三センチメートル程の卵形の実をつける〕の実ほどの大きさをした宝石のようなお守りだ。一滴の涙のような形をした石で、色は黒地に緑色の縞模様が入っている。マヤの賢者の言うところでは、その石はどんな悪からも持ち主の身を守ってくれる。妖術も呪術も妬みも、悪い欲望や呪詛も、その石を持っている者に危害を加えることはできない。その人だけでなく、その家族も守られる。悪いものに対して発揮する石の大きな力は鹿に対しては別の形で顕われる。それを身に着けて森に出かければ、森の奥まで入らずとも鹿を見つけられる。しかし、それを所有することはある責任を伴う。節度を持って使う限り、富をもたらすが、限度を超えて富を得ようとすると、魂の死を引き起こすだけでなく、本当に死んでしまうかもしれない。マヤの賢者たちはそう忠告する。

その石でわしは金持ちになれると思った。わしはそう思った。愚かな考えじゃった。まず、わしは畑を作るのを止めた。ミルパなんかどうでもよくなったんじゃ。ミルパってのは労力だけかかって、期待した通りの収穫が得られるとは限らん。大きな鹿を一頭仕留めれば家族が三日間食えるし、余ったやつは町で売ることもできるのに、汗水たらして働く必要なんかないだろ。水曜と金曜に町に出て、鹿肉が手に入るぞ、と言って回り、次の日に森へ取りに行くわけさ。わしが鹿の石を持ってることは、みんな知っとった。わしは誰にも言っとらんのじゃが、みんなが知っとった。じゃから、みんな一キロ、二キロ、三キロと肉を注文するんじゃ。鹿の石のことなんか信用せん金持ち連中はわしのことを鼻で笑うがね。おい、マシート、お前さん、家の庭に鹿をしこたま繋いでるんだろ。よく言われたもんさ。あいつらはわしを笑ってると思っておったのかもしれんが、わしに言わせりゃ、あいつらこそ笑われとるんじゃ。わしは森の神様から特別な力を授けられとるということを、あいつらは知らんのじゃからな。わしが一体何をしたのかは分からん。じゃが、石を貰えたからには何かしたんじゃろう。

わしはいつの間にか、鹿狩りの名手として有名になった。いろんなところからわしを探しに来るようになったんじゃ。鹿の肉は政府の役人への特別な感謝の印になるらしい。じゃから、上司をもてなそうとする連中がわしんとこに来るようになった。おい、マシート、金曜日に州都に行くから足を一本用意してくれ。必ずだぞ。それに俺の一日の日当がかかってるんだからな。もしかしたら、長期休暇だって、それ次第かもしれん。とにかくいろんなものがその足次第なんだ。そう急かされたもんさ。

自らいけにえになるきょうだいがむやみに殺されないようにするため、大いなる鹿が目を光らせている。そもそも鹿の肉はたくさん食べずとも腹いっぱいになる。エネルギーの元となるのは肉それ自体ではないからだ。肉に備わる霊が、働くための力と喜びをくれるのだ。大いなる鹿は人々の生き方を見ている目のようなものだ。何事につけても不遜な人、人の言葉に耳を貸さない人、こうした人たちは自分の行き過ぎた行為の付けを払わされることになる。

「あぶく銭は身につかない」とはよく言ったもんじゃ。その通りじゃと思う。わし、ドン・マシートは完全に怠け者になっちまった。自由な時間ができたことがいけなかった。思いもよらねえ悪い癖を背負いこんじまった。金を酒につぎ込むようになっちまったんじゃ。わしが外に出る前に家内が金をくれって言うから、少しは渡してたが、子供たちを食わせてやるには足りなかったかもしれねえ。なんてったって、子供は六人もいたからなあ。まだみんな自分で働いて食っていけるような歳じゃなかった。ある時、家内が文句を言い始めた。わしはそんなの聞きたくねえから、家を出ようとした。じゃが、出がけにしこたまぶん殴っちまった。何だって？　わしが家に帰ったと思ったら、あいつが選挙演説みたいに御託を並べ始めたんじゃよ。最初は我慢して聞いてやってたんじゃが、ついカッーとなっちまった。立ち上がって、びんたを食らわしちまったんだ。一発目には口から血が出た。二発目で歯が吹っ飛んだ。三発目のことは覚えてねえ。警察が飛んで来たさ。わしは別に抵抗もせず、お縄を受けた。家内に怪我させちまったんだから、仕方ねえさ。

人の話によると、村役場に一週間収監された後、ドン・マシートは刑の重みに疲れ切った様子で家に戻った。聖週間が間近に迫っていた。酒を飲むために獲物を手に入れようと、彼はライフルを持って森に入った。彼の一番大事な宝物は特別に作ってもらったなめし革を貼った小さなケースに入れてあった。

留置所から出て一番やりたかったのは鹿を仕留めることじゃった。金が必要じゃったんだ。じゃから、まず森に入った。片方の手でライフルを握り、もう一方の手で石を撫でた。あんまり長いこと待つ必要もなかった。キタンチェ〔二〇メートルの高さに達することもあるマメ科の木。家屋の建材としても使われる。学名 Caesalpinia gaumeri〕の木に登って枝に腰掛けてると、一頭の見事な鹿がやって来た。いつものように木から降りて狙いを定めた。引き金を引こうとした瞬間にある大きな音がした。よく見ると周りには何十頭もの鹿がいて、わしはその鹿に取り囲まれておったんじゃ。逃げ場を塞いで、わしに襲い掛かろうとしているように見えた。走って逃げたさ。さっきまで座ってた枝に飛びついて、大慌てで上まで登った。銃はっていうと、逃げる時に森のどこかに置いてきちまってた。わしはそのまま一晩中、鹿に取り囲まれてた。わしだってそんなに馬鹿じゃねえ。鹿が何を狙ってるのかぐらい分かってた。夜も明けた頃、泣く泣く、ズボンのポケットから石を入れたケースを取り出して、大きな鹿の方に向かって力いっぱい放り投げてやった。そいつがそれを飲み込むと、鹿はみんな姿を消しちまった。

現在、ドン・マシートは酒に完全に溺れてしまっている。村の者たちは彼がそんなふうになった経緯はみんな知っている。だから、彼は時には近くの町へ出かけて、あちこちを回り、酒を飲む金を恵んでもらう。昼からはどこかの酒場で、酒を奢ってもらう代わりに、この話を語って聞かせるのだ。

畑で仕事をする者なら誰でも持ちたいと思う貴重なものを、わしは手に入れたんだ。じゃが、それを大事にできなかった。欲を出し過ぎたんじゃな。残念じゃが、これぱっかしは治す薬がないんじゃよ。

穢れなき日

1

日の出とともに東の空が紅色に美しく染まる。絶えることなく繰り返されるこの日の出は、地上に暮らすものたち全てにとって常に一日の始まりだ。太陽は喜びをもたらすが、苦しみのもとともなる。正午頃ともなると、屋外の気温は耐え難い程まで上がり、焼け付いた砂利が外を歩く人の足を容赦なく痛めつける。空から降り注ぐ白熱と地面から発せられる灼熱によって農民は地獄にいるかのような苦しみを味わう。太陽とはそんなものだ。喜びであると同時に苦しみ、善であると同時に悪なのだ。人間と大地に備わった二元性はそこに由来する。良くも悪くも、日の出によって新しい一日が始まるのだ。

朝のすがすがしい空気が流れ始めると、辺りに様々な匂いが漂う。リモナリアの芳しい薫り、セドロの香り、野に咲く草や花の匂い。そういった匂いが漂う中で、小鳥がさえずり、庭の動物たちが鳴き声を上げる。辺りが明るくなるのを待たずに、鶏、あひる、ガチョウ、鳩、チャチャラカ〔ホウカンチョウ科の鳥〕たちが餌を探すために石の下を突き始める。昔からずっと変わらない日々の営みだ。

ミラ・チャンはハンモックの中にいながら、このすがすがしい早朝の雰囲気を感じている。まだ柔らかい朝の匂いと自然が奏でる交響曲が彼女の感覚を次第に満たしていく。いつものように両手で目を軽くこすってから、気持ちよさそうに眠っている二人の娘たちに目をやる。物音を立てないように起き上がり、そっと庭に出る。ひんやりとした風が顔に当たると、目がすっきりし、生き返った心地になる。水瓶からヒーカラで水を汲んで顔を洗う。水の冷たさが体に浸み込み神経が研ぎ澄まされると、朝の色や匂いが改めて強烈に感じられる。ヒーカラに残った水で口をゆすいだ後、人差し指を口に突っ込み、まるで歯磨きをするかのように歯をこする。これで虫歯菌が取れるわけではないことは分かっているから、この歯磨きをしながら、実は自分でも笑っている。そうやって歯磨きをしていると、夫も同じように歯磨きの真似をしながらやって来て、必ずこう言うのだ。

「ちゃんと歯磨き粉と歯ブラシを使うんだぞ。歯磨きは文明人みたいにやらなきゃ駄目だ」

「後でやるわよ。今はほんの気持ちだけさ」叱るふりをする夫タチョに対してミラはそう言い返す。タチョとはもう一九年も一緒に暮らしている。子供も四人いる。

一二月初めのこの日の午前中は、ミラにとっては実はあまり嬉しくないことがいくつかある。まず第一に、村では聖母コンセプシオンを祀る祭りが始まっている。村から出稼ぎに出て行っている人たちにとって、村祭りは家族に会いに村に帰るための絶好の機会となる。だから、ミラの家にも一日中親戚がひっきりなしにやって来る。お客をもてなすのは構わないのだが、酒を用意しなければならないことが彼女は気に食わないのだ。

「飲まないと何もできないんだ。全部、何するにしたって片手にビールを持ってないといけない」

気の置けないお客に対してはそう言ってやる。

彼女は機会がある毎に、アルコールに対する嫌悪感を露わにする。四人の子供たちの長男である一八歳のマヌエルは、ビールはおろか酒をうまいと思ったことはない。彼女にとってそれはこの上ない喜びだ。土曜日になると、若者はダンス・パーティーに出かけるのだが、ミラは子供たちが帰ってくるまで起きて待っていて、食事やコーヒーを出しながら、楽団の演奏はどうだったかといった話をする。そして、おやすみのキスをするついでにこっそりと、息子の吐く息を嗅いで、アルコールを飲んだかどうかを確かめる。しかし、そのやり方があからさまであるため、息子に気付かれてしまう。

「またかよ、母ちゃん。俺、もう大人だぜ。いつまでも子供扱いすんじゃねえよ」

「気を使ってんのは、お前が子供だからじゃなくて、お前が馬鹿だからだよ」

こう言えば、二人とも笑わざるを得ないことは計算済みだ。

コマドレ〔洗礼等のカトリックの典礼においで代親関係を結んだ女性〕の誰かがやって来れば、それはそれで楽しいものだ。だが、彼女らが連れてくる息子の友人たちが、村の外で簡単に金を稼げるみたいな話をし出すと心が曇ってしまう。金儲けの話ほど息子たちに危ないものはない。もしかしたら、浮足立ち、そのまま自分も金を稼ぐために家を出ると言い出すかもしれない。息子たちの話が佳境に入ると、ミラはこっそりと、一五歳になったばかりのトマスがどんな目をして、どんな表情で話を聞いているか様子を伺う。

「あの子は畑仕事が嫌いなんだ。今は仕方なくやってるけど、朝の四時に起きてマチェテや農作業の道具を下げて出かけるのは辛いみたいだ。野良仕事を嫌がって、儲けのいい仕事があるところに行くことばっかり考えてる」ミラは悲しい顔をして夫にそう伝える。

　妻の沈みがちな気持ちを和らげるためにタチョは言ってやる。

「ああ。あいつが畑仕事を嫌がってるのは分かってる。もう少し大きくなったら、パドリーノ〔カトリックの洗礼等の儀式で代親を務める男性〕のところでもやるか。だけど、わしがいいと言うまでは駄目だ。悪いことを覚えられでもしたら大変だ。あっちには悪いことがいっぱいあるからな」

　歯磨きを終えるとミラは、二人の娘たちと一緒に寝ている部屋に戻る。そして、櫛と髪留めのいっぱい入った籠を抱えて、部屋に入ったときと同じように、こっそりと部屋から出た。椅子代わりにみんなが使っている倒木の幹に座り、髪の手入れを始める。若い頃から自慢の髪だ。毎日入念に手入れをしている。まだ真っ黒な髪に繰り返し櫛を通す。

　住んでいる敷地には昔ながらの家屋と近代的な家屋が並んでいる。伝統的な家の方は森から切ってきたものだけで作られている。人々の記憶にある限りでは、その形はずっと変わっていない。以前は誰でもその作り方を知っていた。だが、今ではそうはいかない。作り方を知っていても蔑まれるのを恐れて、知っていることは言わないことが多い。ただ、中には自分が知っていることを色々と教えてくれる者もいる。柱の立て方、横木や梁を入れる場所、木を切るのに相応しい月の満ち具合、椰子の葉を使った屋根の葺き方、家の壁となる周囲への木の立て方など。こうした伝統的な技法を使った家はたいてい、セメントと鉄骨で作った近代的な家よりも前の方に建てられる。ミラの家では夫と二人の子供たちがこの昔ながらの木の家を寝起きするために使っている。夫はかつて仕事の帰りに交通事故に遭ったときの怪我が原因でもう随分と野良仕事には出ていない。

「自転車に乗ってるところを、どんな具合だか知らないけど、車にぶつけられたんだ。まだ生きてるなんて奇跡みたいだ。だけど、その事故のせいでお金がいっぱいかかってね。治療のために、飼ってたわずかの牛も売ってしまった。具合がいいときもあるけど、最近は寝たっきりなのよ」数時間もすれば、訪ねてくる人にそんな話をするかもしれない。

「畑に行けなくなってから、もう二カ月以上だ。わしはもう何の役にも立たん。マヌエルとトマスだけで種まきの準備をさせてしまって、情けない」二人の子供たちがずだ袋とマチェテを持って村から五キロ程のところにあるミルパに出かけるとき、タチョは申し訳なさそうにそう言う。

夫がそんな風に愚痴をこぼすのを妻は黙って聞いている。その愚痴も途中で聞こえなくなるが、タチョは頭の中でこんなことを考えているはずだ。「トマスは自分のことをもう大人だと思ってる。散々言ってやったのに、学校は中学校さえまともに終えられなかった。本当はお金が欲しいんだ。畑には行くには行くが、野良仕事は好きじゃない。プラヤ・デル・カルメンに行って仕事がしたいんだ。今はわしが止めとるが、あとどれくらい止めておけるかは分からん。まだ小さな子供なのに」

数時間後には様々なプレッシャーに直面することになるのだが、日が昇り始めるこの時間帯にはまだ何も慌てる必要はない。家族にとっての最善の決定を下すことになるまで、自由に思いを巡らし、十分に悩むことができる。村の習慣では女が決定を下し、男がそれを実行する。これは男たち自身が言っていることであり、議論の余地はない。いわば、女は管理責任者のようなものだ。すべてがきちんと整っているように目配りをしないといけない。翌日のことは、困ったことが起こらないように、日が暮れる前に全部決まっていないといけない。

「家の責任を一人で背負うのは簡単なことじゃないんだ」長女のソコロに言って聞かせる。一六歳のソコロは上から二番目の子供だ。彼女の恋人の親が婚約の儀式のために、今日の午後やって来ることになっている。これがミラにとって、今日は気乗りのしない日である二つ目の理由だ。気にかかるのは娘の婚約者の家族のことではない。そんなことはどうでもよい。自分にしてみればまだ年端も行かない娘が結婚の準備をしなければならないことに、まだ合点が行かないのだ。本当のところは反対だ。「せめて一八まで待ってくれればよかったんだけど。こうなった以上は、神様のご加護があることを祈るしかないわ」ミラは娘には勉強を続けてほしかった。中学校を卒業する時には優等生として表彰されたのだ。勉強を続けることの大切さを言って聞かせたが、彼女はそれを望まなかった。そして、トルティージャ屋と家を往復する間に、求婚者となることになるフーリオと恋仲になってしまった。おかげで今年一年間は、女として知っておくべきことを学ぶためだけに費やされるはめになった。

ソコロは心の奥底では高校で勉強することを望んでいたのかもしれない。だが彼女は、それが両親にもたらす経済的負担の大きさを心配した。

「どんな夢を持っておっしゃるんですか。今知っていることだけで家族の教育は十分できます。私たち女にはそんなに選択肢があるわけではありません。もしかしたら、どこか別のところだったら、違うかもしれないけど、ここに暮らしてる私たちはずっとそうだったんです。変わるとは思えません。少なくとも、今は」ある先生に向かってソコロはそう言った。

「いつもと同じね。男たちは金のある所に出て行く。女は卒業して結婚する。残念ね。あなたは頭がいいのに」先生は少女にそう答えた。

ソコロが幼かった頃、家族の生活はあまりうまくいっていなかった。特にソコロが生まれた頃は経済的にも一番苦しかった。まず、タチョの母親であるおばあさんが亡くなった。彼は一人息子であったため、すべての費用を負担しなければならなかった。病気の治療費、その次は葬式代。そして、子供の出産で一文無しになり、にっちもさっちも行かない状態になった。トウモロコシの収穫が一縷の望みだった。その年は雨がたくさん降っていた。ミルパの出来はよく、豊作に見えた。ところが、農民をあざ笑うかのようにイナゴが現れた。ミラは長く伸ばした髪を三つ編みにしながら、そういった時代があったことを思い出してつい笑ってしまう。「あの時はイナゴの数がもの凄くて、空が真っ黒になった。真っ昼間なのに日が暮れたみたいだった。空き缶を叩いたり猟銃を撃ったりして音を立ててはみたものの、みんな食われちまった。トウモロコシの茎は見るも無残だった。何も残らなかった。全部食われちまった。あのときかな、大勢の人が遠くまで仕事を探しに出てったのは。帰ってきた人たちもいるけど、結局あっちに残っちまった人もたくさんいる」ソコロが生まれたのはそんな時代だった。出産と赤ん坊の面倒をみるための費用を工面しようとしていた望みが断たれたことで、赤ん坊にはトウモロコシのマサ〔茹でたトウモロコシをすり潰したもの〕を溶いただけのアトレをあげるしかなかった。不運は重なるもので、ミラはお乳が出ず、授乳できなかったのだ。そうした不遇にも関わらず、ソコロは怒りが生み出す力だけで生き延びた。

ミラが腰を下ろしている場所からだと、ライムやマンゴー、ココヤシ、パイナップルなどを植えた広い庭の全体が見渡せる。これから親戚となる人たちを出迎えるため、ここ数日かけて家族総出で庭を綺麗にしたばっかりだ。鳥小屋と豚小屋は修理した。椰子の葉葺きの家の中も綺麗に片付けた。農作業用のずだ袋やヒョウタン、噴霧器、肥料袋は奥の納屋に移した。娘の恋人の家は村の中でも古参の一つだ。小さな村ではどこでも、若者たちは畑仕事をしている。だが、フーリオ、つまりソコロの恋人は他の男とは違って、個人所有の耕作地に加えて、たくさんのミツバチの巣箱も持っている。今は自分の親と住んでいるし、結婚後もその予定だ。村では通常そうする。だから、当面は自分たちの家を建てる心配をする必要はない。家を建てるのは、二人が家の切り盛りを覚えてからだ。それまでしばらくの間は、両親と一緒に暮らさねばならない。

三つ編みが終われば、ミラの普段着はほぼ完成だ。服を着替えれば、一日を新たに始めるための準備も終わりとなる。この前の六月で三五歳になったが、よく見れば、特に微笑んだときなどの顔にはいまだに若さが残っている。しかし、彼女は自分では若さなどとうの昔に過ぎ去った気がしている。

娘のソコロが母屋の入口から母に声をかける。

「おはよう。お母さん」

「いつまで寝てんだい。今日は仕事がたんまりとあるんだよ」

「慌てないで。私も手伝うから」

「じゃ、始めようか。動物に餌でもやってくれるかい」

太陽の日差しはまだ強くない。だが、朝の物音は次第に大きくなり始めている。直にタチョと子供たちのマヌエル、トマス、リチャも起きて来て朝飯を食べるから、二人は急がないといけない。一日は短かいのだ。

ミラは座っていた木から腰を上げると、娘に声をかける。

「さあ、家事を始めるよ。神様のご加護がありますように」

2

ミラが使っている台所はどこの農家にもあるのと同じものだ。煤で黒ずんだ三つの石、三本足の台、トルティージャを作るときに座る小さなカーンチェ〔背もたれのない腰掛〕が恒星のように家の中心となって、聖なる空間を形成している。台所は家族のみんなが必ず集まる場所なのだ。家の中のこの至高の空間は変化が集積する場所でもある。農民女性の生活条件を改善しようとする人たちはここの近代化を図ろうとする。だが、ここにはガスレンジや圧力鍋、テフロン加工のフライパンなど新しいテクノロジーは必要ない。煙に包まれ、煤が何層にもこびり付いた鍋のある台所がマヤ女性にとっての典型的な光景なのだ。

台所に入ると、ミラとソコロは朝食を用意するため、まずかまどに薪をくべて火をつける。このところ二人は一緒に過ごすことが随分と増えたせいか、この狭い場所でもお互いがどう動けばいいかよく分かっている。

「昨日持ってきた薪は火の点きがいいわね」娘が言う。

「当たり前だろ。カツィン〔学名 *Acacia gaumeri* の木〕とツィツィルチェ〔学名 *Piscidia piscipula*〕とハビン〔雨乞い儀礼等で祭壇を飾るために利用される木〕、それにマハグア〔アオイ科の低木〕ばっかり持ってきたんだから」

「今日はお祭りだから森に薪取りには行かないのよね。十分にあるし」

火が点いたばかりのかまどの前で屈み込んでいる母は、娘に目をやると嫌味っぽく、からかいの言葉を投げかける。

「それにうちではあんたの新しいお父さんたちのパーティーがあるからね」

娘の口からは緊張で上ずった笑い声が漏れる。ここ数日は自分のきょうだいたちからもずっと冷やかされっぱなしだった。だが、彼らもソコロが近々結婚するということがまだうまく飲み込めていない。かまどの火が燃え上がると同時に、煙の匂いが漂い、家全体に生活の匂いが充満する。

男たちが畑仕事の帰りに薪を少し背負って来ることはあっても、薪を集めるのは基本的には女がやる仕事だ。女たちは夕暮れ時マチェテを持って、薪になる木がたくさんある場所へと向かう。家族の中ではいつも数多くの特権を認められてきたミラでさえ、この薪集めの仕事が免除されることはない。夕暮れ時ともなると、二人の娘のソコロとリチャを連れて、近くの森へ出かける。二人は小さいときからずっと母の薪集めを手伝ってきた。併せて道々、女なら知っておくべきことも教わってきた。母は二人に草木の名前を教えたり、森に棲む動物たちの話をして聞かせたり、病気を治すための薬草の知識を持つことの必要性を言って聞かせる。森には喘息や糖尿病などの治療に使える薬草があるのだ。

「この紫色の木はチャカー〔ガンボリンボの木。学名 Bursera simaruba〕て言うんだ。薪には使えないけど、他のことに色々と使える」特に教えるといった素振りもなく、母は娘たちに言う。「葉っぱが小さいこの木はチェチェン。近づいちゃ駄目だ。幹に触ったりしたら、腫れたり、シミができたりするからね。それだけは近づいたら駄目だよ」娘たちに言い含める。

「その木はなんで駄目なの?」リチャが興味本位で訊く。そんなことを訊いたら、ミラが仰々しい話を始めることは、ソコロはよく分かっている。彼女自身も数年前に同じ質問をしたことがあるのだ。

母がその質問に答える間はしばらく手を休め、道端に手頃な石を見つけて座ることができる。ミラは自分が知っている伝説から新しい話を紡ぎだすかのように、ゆっくりと話し始める。娘たちに与える影響を見極めようと言葉を選びつつも、リズミカルに話す。娘たちは真剣な面持ちでその話に聞き入る。

「あるとき、神様の御子が奇跡を起こす特別な力で、地上にいる病人を治して回ってたんだ。本当は、死んでしまった人たちが神のご意志で生き返ってただけなんだけどね。生きてる間ずっとやってきた仕事からやっと解放されて、休もうと思ってお墓に入ったのにそこを追い出されちまった。また生き返って、毎日の仕事に追われるはめになっちまったんだ。そんなことは知らない神様の御子は道端で見つけた人たちみんなに、その奇跡ってやつを施して回ってた。病人であろうが、貧乏人であろうが、悲しんでる人であろうが、みんなに安らぎを与えようとしたんだ。天から使わされたこの全能の子は一二人の兄弟を連れて歩いてた。みんな全能の子の言うことに従ったし、その力が全能の子だけに与えられたものであることも分かっていた。ところが、ドン・ユダという名のある欲深な弟がいて、兄と同じようにいとも簡単に奇跡を起こせないことを思い悩んでたんだ。苦悩はやがて妬みに変わり、妬みは憎しみにかわり、その男の魂を苦しめるようになった。そしてある夜、このドン・ユダは兄を罠に陥れることにした。神の御子は地上の王たちの許しも得ず、奇跡を起こして回ってたもんだから、神の御子の命を狙うやつらに引き渡しちまったんだ。貧しい者たちは神の御子の死を悲しんだ。ところが、神の御子を引き渡して死なせた男も苦しむことになった。

何日たっても、罪悪感が消えなかった。だから、あちこち逃げ場を探して回った。だけどどこに行っても、照り付ける太陽で石は足を焦がすくらい熱くなるし、水もないし、喉の渇きで苦しんだ。セノーテへの降り方は知らなかったし、鳥たちもそいつが天から使わされた全能の子を引き渡したことを知ってたから、セノーテの場所を教えてやらなかったんだ。しかも、神の御子の御母が、この悪い男の手助けをしないよう、世界中の動物たちに触れて回ったんだ。この男が寝たところでは、夜が明けると、草はみんな枯れてしまい、石がむき出しになった。男は悲しみのあまり、眠らずに泣いてばかりいた。男が流す後悔の涙はハルトゥンになった。だから、ハルトゥンの水はしょっぱくて、万が一飲んでしまったら、病気になってしまうかもしれない。その病気が治らずに死んでしまうことだってあるんだ。苦しみが一〇〇〇年も生えてるセイバの木より大きくなり、罪悪感が自分の心の限界を超えてしまったとき、ドン・ユダは自分の命を断とうと思った。そして、シュタブの女神に助けを求めた。シュタブというのは縄を使って自分の命を断とうとする人たちの女神様だ。女神は苦しみを終わらせる赦しをドン・ユダに与えるとき、条件をひとつ付けた。首を括るときは日陰を作るのにふさわしくない木、また実をあまりつけない、役に立たない木を使うようにと言ったんだ。だって、使われた木はドン・ユダの罪の影を永遠にまとうことになるからね。ドン・ユダは何日もかけて、木が何の役に立つか調べて回った。セイバの木は小鳥たちが巣をかける場所であることが分かった。キタンチェはイノシシが背中をこすりつける木であることを学んだ。ラモンの木は鹿が好んで食べる。ワヤ〔学名 *Talisia olivaeformis*。直径三センチ程の小さな実を付ける〕の木には美味しい実がなり、森の動物たちが食べている。そして小鳥たちが決して巣をかけようとしない木があるのをやっと見つけた。その木はどんな鳥も受け付けなかった。巣をかけるなんてもっての外さ。絶対に鳥を止まらせなかったんだ。だから、鳥たちはこの木を嫌ってた。この木の振る舞いに嫌気が差した鳥の王様はドン・ユダに言ったんだ。首を吊る木を探してるんならチェチェンがあるぞって。ドン・ユダはその木をよく観察してから、それを使うことに決めた。そしてチェチェンの木でやっと首を吊ることができたんだ。だから、その木は何にも使えなくなった。薪にもならなければ、一休みするための木陰にも使えない。そもそも何の飾りにもならない」

「母さん。その木は木陰さえ良くないって本当なの？」リチャが訊く。

「もちろんさ。チェチェンの木は葉をいっぱい付けるけど、旅人が休みたくなるような木陰にはならない。この木を切らないといけないときは、悪さを封じるために幹におしっこをかけてやるんだ。そうしないと、そりゃあ、お前、切った人はどんなに苦しむか。だから、いいかい、お前たち、生きていくためには何かの役に立たなきゃいけないんだ。そうしないと、ドン・ユダの祟りで一生辛い思いをすることになるかもしれない。だから、仕事は疎かにしちゃ駄目なんだ。何かやらないといけないときは、嫌がらずにやるんだよ」

つまり母の話は女の子たちが学ぶべきことがらを伝えている。薪集めに行くことはそれ自体が一つの目的であるが、そうした教育という役割をも担ってきたのだ。時間の共有はマヤの人たちにとって家族を結びつける、目には見えない絆を紡ぐ手段ともなる。男の子たちはミルパに行く道々で、父親が語る物語をいやというほど聞かされる。自分一人ではとても身に付けられない、まさに人生そのものである畑の秘密やそこでの経験を耳にする。同様に女の子たちは薪取りに行く中で母親から人生の様々なことについて学ぶ。薪取りに行かずとも、彼女らは午後ともなると、ライムやシルエラの樹の下に集まって、自分たちが聞いた話を教え合っている。田舎の子供たちはこうやってものごとを学んでいく。そもそも、マヤの農民が使う言葉には、人に物事を説いて聞かせるような意味合いが込められている。よく言われるように、言葉は人の生や知識に意味を吹き込むものなのだ。

ソコロとリチャはこうやってたくさんのことを学んできた。これからもまだ学び続けるはずだ。二人の間には五つの年の差があるのだが、それでも、母に言わせれば、二人とも学ぶべきことはまだたくさんある。子供は森に生える草木の名前を、スペイン語であれマヤ語であれ、母親から教わっていくのだ。

朝のこの時間ともなると、家族のみんなが台所に集まってくる。男たちはあちこちに置いてある丸太を持ってきてそれに座り、コーヒーができるのを待つ。コーヒーを飲みながら食べるパンとビスケットが一日の最初の食事だ。今日は祭りの日だから、みんなの始動は若干遅めだ。普通の日であれば、女たちはもっと早くに起きて、男たちが仕事に持って行く弁当の準備をしている。大抵は、ボール状に丸めたポソレと瓢箪の水筒に入れた水、それに何枚かのトルティージャとスクランブル・エッグだけだ。これだけで一日の仕事を耐える。昼過ぎに家に戻ってから、もっと栄養のある食事を摂って、失った体力を回復する。台所には料理用の台の他にプラスチックのテーブルと椅子が何脚かある。最初に来た者からこのテーブルに座る。順次、熱いコーヒーを注いだカップが手渡されると、各自パンを手に取り、それをコーヒーに浸して食べる。これがマヤ語でチュークと呼ばれる、朝食の普通の食べ方だ。

テーブルの端に座ったタチョが子供たちに、ソコロの婚約者の家族が来たときに取るべき行動について最後の注意をする。ソコロは長女であることから、下のきょうだいからは特に慕われてきた。たとえば食事をするにしても外出用の服の洗濯をするにしても、弟と妹を手伝ってやるのはいつも彼女だ。彼女は体つきはひ弱に見える。だがそれは外見だけであって、実はほっそりとして今にも壊れそうな体の中にも強情な性格と芯の強さを備えた女が隠れている。また、みんなが理解している以上のことを見通せる論理的な知性と抜け目なさも持っている。みんなを引っ張っていく才覚はすでに小さい頃から見せていた。下の子たちと遊ぶときにはいつも彼女がものごとを決め、遊びの時間をコントロールしていた。みんながどんなに遊びに夢中になっていても、遊ぶのを止めさせ、家事の手伝いをさせた。

「豚と鶏に餌をあげなきゃ。それに皿洗い、部屋の掃除、ゴミ捨て、学校の宿題もやるのよ」ソコロがそう言うと、弟たちは中断させられた遊びに一刻も早く戻ろうと、言われたことをせっせとやるのだった。子供たちの親分だったソコロが数時間後には、伝統に則って婚約を済ませた女性になろうとしている。中学校を卒業したとき、彼女が学業を続けない決心をしたことを家族に告げたのはほんの一年前だ。学業を続けない理由として彼女があげたのは、母には家の仕事を手伝う人が必要だというものだった。

「娘さんが勉強をお続けになられないのは残念です。本当にもったいない。頭がとってもいいのに」先生はタチョとミラに言った。

二人は先生の言葉に感謝しながらもこう答えた。

「娘が学校に行かないというのはわしらが決めたことではないんです。あの子が続けないと自分で決めたんです。娘が嫌だと言う以上、わしらが強制するわけにもいかない。それにわしらは経済的に困ってますので。お金が余ってるというわけでない。もちろん、勉強したいというのであれば、なんとかしてやりたいとは思ってます。でも、もうその必要もないみたいだ」はっきりとした口調でそう言った。

先生はおいそれとは引き下がらなかった。ソコロと直接話をする許しを得ると、村の高校に行って勉強することがいかに大切か、またそのチャンスを活かすべきだと彼女に必死に説いた。親に経済的な負担がかからないよう、奨学金をもらえるようにしてあげるとも言った。だが、何を話しても、どんなに頼んでみても、彼女の決断を覆すことはできなかった。諦めきれない先生は訊いた。

「一体、どうしたの？　どうして勉強したくないの？」

ソコロはきっぱりと答えた。彼女にとって、一旦決めたことは、誰にも、またどんな理由があろうと覆すことはできないものだった。

「私はこの村の女の人たちがやってるのと同じことをするまでです。結婚して、子供を産んで

す」

「でも、まだあなた子供でしょ。それに恋人だっていないじゃない」先生は悲鳴にも似た声を上げた。

「いません。だけど、そのうちできます」

「そんな意地を張らなくても。まだ子供なんだから」

「私の母さんは一五歳のときにはもう結婚してました。だから、私が同じことをすることに何の不都合もないと思います」

そして最後にこう言ってのけた。

「先生、私に目をかけてくださってありがとうございます。でも、女の子にはチャンスなんてそんなにはないんです。高校で勉強して何の役に立ちますか。それで何になりますか。さらに上に行って勉強できないって分かってるんだから、がっかりするだけです。私が大学に行くなんて、夢のまた夢です。先生、私の場合、勉強を続けたって何もよくならないんです。高校が終わったら、きっとプラヤ・デル・カルメンに行って仕事がしたくなるでしょう。もしかしたら、お金持ちの人の家で子守をするか、どこかの店の店員をすることになるかもしれません。でも、それだけだったら、勉強なんかしなくてもいいんです。私たち女の子には選べる道なんてそんなにないんです。何にせよ、先生、本当にありがとうございました。私、先生が大好きでした」彼女はそう言って手を差し出した。二人は抱き合って別れの挨拶を交わした。

先生は家を出るとき、泣いていた。

「お前は強情だよ。駄目な子だね」ミラは娘に言った。

普段から子供たちの教育には口を出さないようにしている父は、娘の顔を見はするものの、声を荒げるわけでもなく独り言のように言った。

「最近の若いもんは年長者に対する礼儀を知らん」

ソコロはそんな娘だ。芯が強く、きっぱりとした意見を言う。一旦こうと決めたら梃子でも動かない。学校を卒業すると、彼女の関心は家のことに集中した。家の中の掃除、服の洗濯、食事の支度、その他気が付いたことは何でもやった。彼女がこうした家の中のことをやり始めてから数日もすると、みんなは彼女の手際の良さに気付いた。家の中はこぎれいになり、大から小まであらゆることが彼女の言うとおりに動いていたのだ。

「仕事から帰ったら、ずだ袋は壁の釘に吊るすんだよ。床にほったらかしにしないで」

マヌエルとトマスが叱られる傍らでは、家の中で発揮する彼女の影響力を感じ始めた父のタチョが眉をひそめてそれを横目で見ている。彼自身、靴をあちこちに脱ぎ捨てたり、ハンモックを片付けなかったりで、すでになんども叱られているのだ。最初のうちはみんな笑って済ました。ところが、日が経つにつれて、家の中はきれいに片づけることがもはや当たり前だった。

「こいつ、マジで結婚するつもりだ。俺たちを使って練習してやがる」いつもものを隅っこに放り投げておく癖のあるマヌエルが皮肉交じりに言う。

「彼氏を探してやらないとな」トマスはそう言って冷やかした。

リチャはいずれ自分もそうなるのだと思いながら、ただ笑っていた。

「でもそのときは、兄ちゃんたちはもう結婚してるんだ」そう思うと少しは気が楽になった。


　家族の誰も予想していなかったことが起きた。ソコロがトルティージャ屋にトウモロコシ碾きに行くようになってから、彼女よりも年上のフーリオという少年が彼女の前に現れたのだ。最初の内は恥ずかしそうに微笑み、彼女に挨拶をするだけだった。ソコロは当たり障りのない挨拶で返していたが、あまりに偶然が続くので疑いだした。一緒にトウモロコシ碾きに出かけていた友だちも笑いながら、彼女を冷やかした。

「あなたの幽霊が来たわよ」

「『やあ、ソコロ』君が来たわね」

　悪気のない冗談だったが、気まずさを感じたフーリオはすっと姿を消すのだった。ソコロとフーリオの恋はこうやって周りがけしかけるような形で始まった。

「いい子じゃないか」自分に気がありそうな少年から、それとなく声をかけられていることを娘から聞かされたミラは言った。

「婚約者を探すにはまだ幼すぎると思わないか」自分の娘に求婚者がいることを知らされたタチョはミラに言った。

　まもなくして、コンクラーベの白い煙が上がった。

「ソコロ、フーリオのご両親に求婚の日取りを決めてもらうよう、フーリオに言いなさい」タチョが真剣な面持ちで娘に依頼した。

付き合い始めて間もない、その日の午後のうちに、ロメオは愛する女性の家の主が下した決定を知った。

フーリオの両親は仲人のプロを使者に立てた。婚約の仲介に関しては評判も高く信頼の置けるコンパドレであるドン・カシアノ・トゥンだった。この人選は偶然によるものではなかった。ドン・カシアノは村長《コミサリオ》をきちんと務めた人物であるだけでなく、何年も前からタチョとは親しい関係にある人だった。二人は若い頃からの仲間であり、それゆえ常に何かでつながっていた。顔を合わせると、お互いに相手を褒める間柄だった。特に、ドン・カシアノが村長だったときはそうだった。

「使いで来たんだが」タチョの家の入口から声をかけた。

「何でもいいから、さあ、入って座れ。汚い家ですまんな。使いだろうが、村長だろうが、友だちだろうがいつでも大歓迎だ」

二人は握手を交わしてから座った。ミラもやって来て握手をかわしてから、コップに入れたオルチャタ〔米をすり潰して水に溶き、砂糖とシナモンで味付けした飲み物〕を勧めた。そして、こっそりと部屋を出て、台所へ退散した。お客の目的は察しが付いているし、二人がこれから話をする内容だってみんな知っていることだ。それにこれは男たちが話し合うべきことだ。二人はミルパのことや家族のこと、病気のことなどの話をして、随分と時間を費やした。

少し間を置いてから、カシアノは改まった表情で切り出した。

「実は、今日は何を隠そう、わしのコンパドレのレンチョ・カンの代理で来たんだ。分かっとると思うが、あいつの息子のフーリオがあんたの娘さんと恋仲なんだ。あんたが喜んで受け入れてくればの話だが、先方は結婚の段取りを決めるために聖母コンセプシオンの日に挨拶に来たいと言っとる。あんたの返事はわしが持って帰って先方に伝える。どうじゃろう、今日返事をもらえるだろうか。何か不都合でもあるかのう」

タチョは少し考えこんだ振りをした。もちろん、考えることなど何もない。断るいとまもなければ、そもそもそんなことをする理由もないことは分かっている。それでも、手のひらには不思議とむず痒さを覚えた。慣れないことで少し興奮したのだ。

「その日で構わん。わしは同意したとレンチョに伝えてくれ。その日にお待ちしておると」

別れるときも、来たときと同じように丁寧に挨拶をして、互いに礼を述べた。

「今日はいい返事がもらえてよかった。どうもありがとう」

「こっちこそ。わざわざ来てもらって、ありがとう」

朝飯はもうほとんどみんな食べ終わった。

「お母さん、今日のお客さんには特別な料理は用意しないの？」リチャが訊いた。

「いいや。うちじゃ、何も作らないんだよ。それはね、フーリオの家でやることなんだ」

「ねえ、教えて。それってどうやるの。私たちはそこに行けないんでしょ」

「教えてよ。お母さんのとき、じいちゃんばあちゃんは何をしたのか話してよ」マヌエルが口を挟む。

ミラが話を始めようとすると、タチョが気まずそうな顔をして席を立った。

「庭でやることあるから、ちょっと行ってくる。鶏小屋のトタンが緩んでたし」

タチョが出て行くと、みんなが笑った。

「父さんはこういうの嫌なんだ」ミラが釈明してやる。


タチョとミラが会ったのはたったの一回だけだった。それは村で舞踏会《バイレ》が開かれた日のことだった。当時、ミラは村から大分離れたところにある農園《ランチヨ》に住んでいた。その農園は村から随分離れた所にあり、穴だらけの上、茂った木が作る日陰のせいでジメジメした道を歩かなければならなかった。農園の入口には一本の大きなセイバの木があって、それが「ここから先、農園」という標識の代わりをしていた。当時彼女はまだ一五歳になったばかりで、舞踏会に行くのも生まれて初めてだった。舞踏会では全く踊らなかった。まだ踊り方を知らなかったのだ。今は夫となったタチョも彼女を踊りに誘おうとはしなかった。二人はなんとなく目を合わせるだけだった。ミラはタチョのしつこい視線を感じつつもずっと知らん振りをした。数日が経って、その日のことはすっかり忘れかけていたある日のお昼時、使者が六キロの悪路を歩いてやってきた。三日前に降った大雨のせいであちこちに水たまりができていて、道は月面のようだった。そんな道を歩いて来たため、使者は泥だらけだった。

「今日私は、タチョ・ケンさんという方のお父さんであるピル・ケンさんのご家族からのご依頼で参りました。こちらにご挨拶にお伺いしたいとのことです」

「お話があるんなら、お伺いしましょう」こんなにも大胆に結婚の申し込みをするタチョとはどんな奴だろう、と両親は訝しがりながらもそう返事をした。

指定された日にタチョの両親と祖父がやって来た。馬を二頭引いてきていた。馬の背には儀式の後に引き渡される食べ物が括りつけられていた。客をしきたり通りに丁重に出迎えた後、椅子を丸く置いて、タチョの両親、ミラの両親、そして一緒に付いてきたタチョの祖父がそれぞれ席についた。当事者であり主役であるタチョとミラはこの場合、とりあえず脇に置かれる。ミラは家の隅に小さな腰掛けを置いて座り、いることができるだけ気付かれないようにした。同様に、付いて来ていたタチョは適当な場所が見つけられないので、入口の脇の土間に腰を下ろして高鳴る胸を手で押さえていた。

漂う緊張をほぐそうと、最年長の祖父が畑の話を始めた。今年の収穫はどうだとか、家畜の調子はどうだとか、いつもやっている仕事の話をした。

適当な頃合いを見計らって、タチョの父親がやっと本題に入った。

「今日こちらにお伺いしたのは、実はおたくの娘さんをわしの息子の嫁にもらえないだろうかと思

郵　便　は　が　き

料金受取人払郵便

綱島郵便局
承　認
2960

差出有効期間
平成32年3月
31日まで
（切手不要）

223-8790

神奈川県横浜市港北区新吉田東
1-77-17

水　声　社　行

御氏名（ふりがな）	性別 男・女	年齢 歳
御住所（郵便番号）		
御職業	（御専攻）	
御購読の新聞・雑誌等		
御買上書店名　書店	県 市 区	町

読　者　カ　ー　ド

この度は小社刊行書籍をお買い求めいただきありがとうございました。この読者カードは、小社刊行の関係書籍のご案内等の資料として活用させていただきますので、よろしくお願い致します。

お求めの本のタイトル

お求めの動機

1. 新聞・雑誌等の広告をみて（掲載紙誌名　　　　　　　　　　　　）
2. 書評を読んで（掲載紙誌名　　　　　　　　　　　　）
3. 書店で実物をみて　　　　4. 人にすすめられて
5. ダイレクトメールを読んで　　　　6. その他（　　　　　　　　）

本書についてのご感想（内容、造本等）、今後の小社刊行物についての
ご希望、編集部へのご意見、その他

いましてな。そのお願いに来たという次第なんです。うちの者のことはあんたもご存知かとは思うが、子供たちはきちんと躾《しつ》けてきたつもりだ。みんな働き者だ。息子に関してはわしが保証する。あんたとコンパドレになれたら、これ以上嬉しいことはない。おたくの娘さんを貰えたら、自分の娘だと思って大切にさせてもらうつもりだ」

「今日、あんたをこんな形で迎えられるのはわしにとってもこの上ない喜びじゃ。子供たちがお互いにそのつもりなら、この結婚を進めることにわしが反対する理由もないだろ。あんたを信用することにしよう」

コンパドレになることに決まった二人は立ち上がって、取り決め成立の証として、握手を交わした。

タチョがすぐに外に出て、この儀式のために持ってきた食事を運び始めた。最初に運び入れたのはビールが詰まった箱。それをみんなの目の前に置いた。婚約者の二人を除く、そこに居合わせた人たちみんなにビール瓶が手渡され、乾杯が始まる。みな大麦とホップの飲み物に喉を鳴らした。それから、パン、トウモロコシ一袋、豆一袋、大量のチョコレートが贈られた。これらは結納の品として贈られるものだが、新しい家族が作られることを示している。パンは日々の食べ物がテーブルから決して消えることがないことを表し、豆とトウモロコシは婚姻の成立の瞬間から嫁を養う義務が夫となる男の家族に移ったことを意味する。チョコレートは結婚がうまく行き、幸せをもたらすことを願ったものである。ビールを酌み交わしながら、さらに結婚式の日取りや費用、パーティーの料理に必要な家畜の数などが決められた。

「一五日毎にトウモロコシと豆を一袋ずつ持って来るんだ。それから娘を養うのに必要な物も」ミラの父親が言った。

「分かった」タチョの父親は請け負った。

「娘が病気になったら、あんたが治しに連れて行くんだ」ミラの父親がさらにそう付け加えた。

これに対するタチョの父の返事は、もしかしたらぬるくなったビールで酔いが回っていたせいだったかもしれないし、あるいは機会を伺っていた悪魔が囁きかけたものだったのかもしれない。

「コンパドレ、悪いが、あんたは自分の娘を売るつもりかね。トウモロコシと豆だけでなく、薬代まで出せとは。他に欲しいものはまだ何かあるか」

ミラの父のドン・フーリオは目に見えないバネにでも引っぱられたかのように突然立ち上がって言った。

「これがわしからの条件だ。気に入らんのなら、元来た道を帰ってもらっても構わん。お願いをしているのはわしじゃない。あんたが勝手にわしの家にやって来たんだ。わしはあんたの願いを叶えてやろうとしておるのに、文句があるんなら、とっとと帰れ」

すると、一も二もなく全員が外に出た。タチョは驚くばかりで、目の前で一体何が起こったのかよく飲み込めないまま、みんなの後を追うしかなかった。結婚を申し込まれたミラも期待を膨らませ始めようとしていたのに、いまやそれも風前の灯火だった。

外に出ると、父親と息子が二人で言い争いを始めた。ほとんど空になったビールのケースはドン・フーリオが家から運びだしてしまった。豆とトウモロコシの袋も運びだされた。だが、タチョの家族会議はまだ終わらなかった。今度はタチョの母親までが加わっている。

事態の収拾を図ったのはタチョの祖父だった。きっとビールの酔いが回ったのだと言って、息子の非礼を詫た。

許し乞いには時間がかかったが、しばらくすると老人が笑みを浮かべて出てきた。タチョの家族はみな家の中に戻ることになった。

「コンパドレ、すまんかった。許してくれ。子供たちの幸せに免じて、許してくれ」ドン・ピルが謝った。

仲直りの抱擁を済ませた後は、ビールのケースが再び目の前に置かれても、もう誰もそれを飲もうとはしなかった。結局、それはタチョが持ち帰ることとなった。

「お母さんは危うく結婚し損ねるところだったんだ」リチャが言った。

「こんなことがあるから、ビールには気をつけたほうがいいんだ」ミラはそう付け加えた。「さあ、お前たち、仕事を始めるよ。メチャド〔トマトソース味のビーフ・シチュー〕の材料を買って来たら、料理を始めるからね。どうせフーリオのご両親が持ってくるものだけじゃ足りないんだ」子供たちにそう言いつけながら、敬虔なカトリック教徒らしく、十字を切ってやる。それが作業開始の合図だ。

3

午前中は家族みんなでメチャド作りに精を出した。メチャドは庭に火を起こして料理するのでみんなの協力が必要なのだ。外の気温も上がり、みんなの喉が渇いた頃を見計らって、ソコロが冷たいオルチャタを入れたコップを子供たち一人ひとりに配って回る。タチョは母屋に吊るしたハンモックに横になってテレビを見ている。台所で子供たちがわいわいがやがや騒いでいるのは聞こえるが、別にその輪に加わろうとはしない。

肥満気味の体つきをしたドニャ・フリアナが家の外から「誰かいるかい《ブエナス》」と声をかけた。

台所にいたミラと居間にいたタチョは声の主がコマドレのフリアナであることに気づき、すぐに立ち上がる。彼女に会えるのは年にたったの一度だけだ。村を出てからもう何年も経つのだが、彼女は村祭りのときだけは親戚に会いに戻って来る。ミラとタチョは彼女の親戚というわけではない。ヘッツメックの代親をやってもらったのが付き合いの始まりだ。ミラはフリアナに会うのをとても楽しみにしている。

「コマドレ、久しぶりだね」エプロンで手を拭きながら、ミラが大きな声でフリアナに声をかける。

「コマドリータ、今朝着いたところなんだけど。もう来ちまったよ」フリアナが応える。

二人は抱き合って再会を喜ぶ。タチョと子供たちとは手を握って挨拶をするだけだが、みんなはフリアナを特別な思いで出迎える。なぜなら、彼女の来訪は常にミラにとって悲しい記憶を蘇らせるものだからだ。フリアナは不可解な死を遂げた不遇の息子アガピトのマドリーナ〔子供の立場から見た儀礼的代母の呼称〕なのだ。ミラは五人の子宝に恵まれたが、一人は亡くなっている。その亡くなったアガピトのことを思い出すたびに、その死を知っている家族の者たちは全員が心臓の奥深くをスズメバチの針で突き刺されるような痛みを感じる。ドニャ・フリアナの来訪はそうした悲しい記憶を呼び起こすものなのだ。とは言え、普段みんなはアガピトのことを忘れているわけではない。古い台所には毎日欠かさずにろうそくの火が点される。古くなってもとり壊されないのは、そこが幼くして死んだアガピトが寝るときに使っていた場所だからだ。

出してもらったオルチャタを飲みながら、フリアナはミラと雑談を始める。話は少なくとも一時間は続くはずだ。話の内容は他愛もない女同士のいつものやつだ。その間、子供たちは鍋の火を消さないように番をしている。誰も家から離れようとはしない。と言うのも、二人の話はいつ何時、母にとってつらいあの亡くなった息子のことに切り替わってもおかしくないからだ。

庭にいる子供たちのマヌエル、ソコロ、トマス、リチャは母の様子を気にしながら、茹でているトウモロコシの番をしている。茹であがったら、碾いてマサにしてもらうためトルティージャ屋に持って行かねばならない。茹で具合を確かめるために摘み上げたトウモロコシの粒を、時折投げつけあっては遊んでいる。一番年下のリチャが不意にソコロの手を引っ張って話しかけた。

「ねえ、アガピトに何があったのか教えて」

「あんたみたいに小さな子にこの話をするのはよくないわ」

「話してよ」リチャは引き下がらない。

「いいじゃないか。話してやれよ。どうせまだ時間はあるんだし。フリアナおばさんと母さんの話はまだ時間がかかりそうだ」トマスがとりなす。

「分かったわ。座りなさい。でも、静かに聞くのよ」


もうすでに夏休みに入っていた。アガピトは小学校の二年生を終えたところだった。しかも、優秀な成績を修めて表彰された。父のタチョは褒美に夏休みの間は森に連れて行ってやると約束した。アガピトはとても喜び、来る日も来る日も父と一緒にミルパに出かけた。森や土地の匂いを嗅いだり、小鳥のさえずりを聞いたりして楽しそうにしていた。アガピトはやんちゃではあっても、屈託がなく、いつも嬉しそうな笑いを振りまくので、親だけでなく兄姉みんなからもかわいがられていた。

「この子は生まれるときにもっと時間がかかってたら、けらけら笑いながら出てきたかもしれんな」父がそう言うと、いつもは耳をつんざくような、闊達で楽しそうな笑い声をあげるのに、黙り込んでしまうのだった。

不幸な出来事が起きたその日、夜食べるトウモロコシを採りにミルパに一緒に行こう、と父のタチョがアガピトを誘った。タチョはいつものように猟銃を取り出すと肩にかけて、村の端にあるミルパにアガピトと一緒に出かけた。その日の午後は心地よい涼しい風が吹いていたことをみんな覚えている。父と息子が畑から帰ろうとしているときのことだった。タチョが屈んでトウモロコシとカボチャの入った袋の口をロープで括ろうとしていたとき、アガピトが突然父のシャツを軽く引っ張った。

「お父さん、あそこに鹿がいる」アガピトが小さな声で言った。

タチョがゆっくりと立ち上がってみると、わずか二五メートルほどのところに一頭のみごとな鹿が見えた。腹を空かせたか、水欲しさに隠れ家から出てきたのだろう。アガピトは小声で父に言った。

「撃ってよ、お父さん」

「持って帰れないな」父は答えた。

「撃ってよ。僕、鹿が食べたい」

二人にとっては時間が止まっているかのように感じられたこのやりとりの間、普通であれば動物は逃げ出しているはずだが、この鹿は逃げる素振りさえ見せなかった。

タチョが撃った弾は鹿の頭に命中した。

まもなく日が沈もうとしている頃、アガピトが汗だくになり、息を切らしながら家に帰ってきた。

夕方の静けさが一転慌ただしくなった。

「みんな来て。お父さんが鹿を仕留めたんだ」

トマスが父を迎えに出るかたわら、他の者たちは鹿を解体するのに必要な薪などの準備を始めた。

「僕が最初に見つけたんだ。それで、お父さんが頭をぶち抜いたんだ」アガピトは辺りを跳び回って自慢した。

「僕、チョコロモが食べたい。あのスープ美味いよね。チョコロモにしてくれるよね」アガピトは母に何度もねだった。

「お父さんが来るまでに、裏の畑に行って、肉を洗うのにライムを袋一杯取っといで」母はアガピトに言いつけた。

「僕、行きたくない。もう疲れた。みんなに早く知らせようと思って走ってきたんだよ」子供は呟いた。

「疲れてても疲れてなくても、お前が行くんだよ。ほら、採っといで」母は問答無用で命じた。

アガピトはうなだれたまま、目についた石ころを蹴飛ばしながら、裏の畑へ向かった。ミラが作っている畑だ。彼女は豚を売って作ったお金で土地を買い、そこを畑にしていた。そこに野菜やオレンジ、各種料理の調味料として重宝するライムの木などを植えていた。その土地は石垣で囲まれており、タチョがいつも綺麗に手入れをしていた。家から畑までは三〇〇メートルほどの距離がある。畑へ行く途中で見かけた友達を誘ったが、誰も一緒に行ってくれなかった。

畑の入口までやって来ると、入口の柵を結んでいるロープを解かずに、乗り越えようとした。脚をかけた瞬間、シーッという声がした。

シーッという声は三回聞こえた。

あたりを見まわしたが、後ろの道路にも目の前の畑にも誰もいなかった。柵を開けようとすると、小石が何個か飛んできて体に当たったような気がした。

「驚かさないでよ」アガピトは泣きそうな声で言った。

「シーッ」再び声がした。こんどは確かに小石が何個か肩に当たった。

「そこにいるのは誰？　僕を怖がらせているのは」

アガピトの年端の子供であれば誰だって怖くなっただろう。アガピトは身を翻して一目散に家へ走って帰った。訳も分からずとにかく慌てて家に戻った。

「怖い目に遭ったから、ライムは採ってこなかった」アガピトは母に告げた。

母はちょうど鹿を解体しているところだった。作業に集中していたため、子供の言うことを真に受けなかった母は怒った顔をしてアガピトを叱りつけた。

「何が怖いもんか。さあ、行っといで。頼んだライムを採って来るんだよ」

「でも、僕怖い。それにもう暗いよ」子供が言い返した。

「行くのが遅くなりゃ、もっと暗くなるだけだよ」母は即座に言った。

反論しても無駄だと感じたアガピトは袋を手に取ると、祈る気持ちで、怖いものがいる畑へ再び出かけた。畑に着いたとき、心臓の鼓動は高鳴り、自分でもそれがはっきりと感じられるほどだった。柵を乗り越えると、はたして小石が数個飛んできて、怪我こそしなかったものの、体に当たった。ライムの木のところへ走って行って、手が届く範囲のものをありったけ引きちぎった。辺りはすでに暗くなり出していたが、ライムの実だけはなんとか見分けられた。袋が一杯になると、再び柵を跳び越えて家にとって返した。

「ありがとうよ、アガピト。今日は寝る前に、うまいチョコロモが食べられるからね。母さんがお前のために特別のを作ってやるから」慌てて帰ってきた息子に母は言った。

七歳の子供にとってこの日は目まぐるしい一日だった。仕留めた鹿を運ぶ助けを呼ぶために父より先に走って帰った。それから、ライムを採りに行った。そして、畑ではどこかのいたずらっ子に小石を投げられて、身の毛がよだつほど怖い思いをした。

「お母さん、僕眠たいから、少し寝るね」母にそう言った。

日もすっかり暮れた頃、竈には出来上がった鹿のチョコロモが後は出すだけの状態で火にかけられている。ミラがタチョと子供たちを呼び、赤かぶとチレをのせた美味しそうな匂いの湯気が立ち上るチョコロモ・スープをテーブルに運ぶ。席についた者たちの舌にはスープを見ただけでチョコロモ独特の匂いと味が蘇ってくる。

「誰かアガピトを呼んで来てくれるか。今日チョコロモが食べられるのはあいつのおかげだからな」タチョが言う。

マヌエルがアガピトを起こしに行く。しかし、心配そうな顔をして帰って来ると言った。

「あいつ熱がある」

ハンモックに寝ているアガピトの様子をみんなで見に行った。

「チョコロモはもうできてるんだよ」ミラが声をかけた。

「今は食べたくない。眠いんだ」アガピトはだるそうに答えた。

「そっとしときな。日に当たった上に、たくさん走ったから疲れたんだ。明日になったら熱も下がるだろ」父が無頓着に言った。

アガピトはその夜チョコロモを食べられなかっただけでなく、二度と目にすることもなくあの世に行ってしまった。アガピトが熱を出した理由は結局誰にも分からなかった。医者もアガピトの死因を特定できなかった。幼くして不遇の死を遂げた子供の死に、みんなは白熱した鉄が体に押し付けられるほど心が痛んだ。

「私のせいだ。夜になろうというのに、私が畑に行かせちまったんだ」ミラは激しく泣きじゃくった。「一度帰って来て、もう行きたくないって言ったのに。何か怖い目に遭ったって言ったんだ」

アガピトの死の原因を特定したのは村の祈祷師《クランデーロ》のドン・サムだった。祈祷師は家族の気持ちを顧みることもなく、無慈悲にいつもの説明を彼らに突き付けた。

「あの子は悪い風にやられたんだ。悪い風に持って行かれちまったんだな。二回目の使いにやらなければ、夜の精霊に遭うこともなく、死は避けられたかもしれん。あいつらは日が暮れる頃に出てくるんだ」

アガピトがいなくなってから数日経ったある夕暮れ時、アガピトが寝ていた台所から子供の呻き声がするのをまずトマスが聞きつけた。すすり泣くその声はいたずらしたところを見つかって叱られているかのようだった。

「台所で誰かが泣いている。それにこの泣き声を聞くのは今日が初めてじゃない」その夜、トマスがみんなに言った。

次の日、みんなにも同じ声が聞こえた。日が暮れると、泣きながら話しかける声がはっきりと聞こえた。

「お母さん、ここ暗いから、明かり点けて」

その晩からミラは寝込んでしまった。彼女はさめざめと泣いた。全ての感覚の中心である、心が一番痛む場所を何千本もの針で突き刺されるような気がした。どんな祈祷も聖水も、愛する者たちが安らかに眠る場所から聞こえて来たあの悲しげな泣き声を、彼女の記憶から消し去ることはできなかった。そのときから、古い台所には家族みんなでロウソクの火を絶やさないようにした。また、その小屋は閉めきって使わないことにした。


ソコロはアガピトが死んだときの話をここで終えた。マヌエルとトマスはこの話をもう何回も聞いているが、いつも不思議な感覚を覚える。

「母さんが今どうしてるか、見に行きましょう」ソコロはみんなをせかす。

台所ではドニャ・フリアナがミラの肩を抱き寄せていた。彼女はミラが漏らす嗚咽に合わせて体をゆすっている。救いようもない痛みや悲しみがどこから出てくるのか母親たちというのはよく分かるのだ。

子供たちが台所に入ってきたことで、母は気を取りなおす。ゆっくりと少しずつではあるが、いつもの姿に戻っていく。しばらくすると、みんなが知っているあの落ち着き払ったしっかり者の母に戻っている。「私が来ると、あんたに悲しいことを思い出させて、泣かせてるみたいですまないね」アガピトのマドリーナであるドニャ・フリアナが申し訳なさそうに言う。彼女は今や重量オーバー気味の女性だが、常にそうだったわけではない。かつては酷く痩せていた。彼女はミラの家からすぐ近くに住んでいた。金貸しを家業としていたことから人付き合いも多かったが、彼女を嫌っている者も多かった。特に女の金貸しであるがために、損をしていると思った連中は彼女を快く思っていなかった。

「実は、私はなんで、息子さんのヘッツメックのマドリーナにしてくれって、ミラに頼んだのか自分でもよく分からないんだ。当時は、友達でも何でもなかった。そもそも私に金を貸してくれって頼む必要なんてない人たちだったからね」フリアナはその日の午後、後でみんなにそう説明するのだが、おぼろげな記憶の片隅をいくらつついてみても、「こんにちは」と挨拶を交わす以外に何のつながりもない家族に、何のためにマドリーナの関係を自分から求めたのか、明確な理由は見つけられなかった。

常に人のいいタチョは、口数も少なく、何を訊かれてもほとんど答えない。だが、単なる金貸しにしか見えなかったフリアナが自分の家にやって来て「アガピトのマドリーナをやってあげたい」とはっきりとした口調で言ったのをよく覚えている。

「生きていくのに男の助けなんか全く必要としなかった女がわしらのところにやって来て、そんな頼みごとをするわけだから、うれしかった。だから断る必要なんて感じなかった。わしらは何か特別な扱いを受けているようにさえ思えたんだ」タチョはそう説明してやる。


ヘッツメックの儀式は子供が生まれてから四カ月経ったところで行われた。儀式を執り行ってくれたのは村のフ・メンだった。

「ヘッツメックのマドリーナもしくはパドリーノは正直者でないと駄目だ。結婚しておるかどうかはどうでもいい。未亡人でも、離婚しておっても構わん。大事なのは働き者であることだ」フ・メンのドン・サムはうるさかった。

儀式の日、家の真ん中に木製のテーブルが置かれた。テーブルの真ん中には大きなロウソクが立てられた。また家の隅に木製の十字架が置かれ、その周りに火を点した小さなロウソクが七本立てられた。タチョは家族の長として、農作業に必要な道具であるコア、ナイフ、マチェテ、ずだ袋、瓢箪、猟銃を置いた。これらはすべて、男がする仕事を象徴するものである。

「鉛筆とノート、それに本を置いてあげなさい。まさか私の子供《アイハード》をロバにするつもりじゃないだろうね。もしかしたら、弁護士にだってなれるかもしれないよ」ドニャ・フリアナは大きな声で言った。

マドリーナがけらけらと笑って厳粛な雰囲気を打ち破ったことで、みんなも随分と気が和らいだ。アガピトは大きな黒い瞳をくりくりさせて、自分の周りで起ることをじっと見つめていた。特別な衣装を着せられているわけではないが、こぎれいな身なりで、なにより楽しそうにしていた。

タチョが子供を抱き上げ、マドリーナに手渡した。彼女は大地の東西南北の方角にそれぞれ、子供を三回高く差し上げた後、子供を抱いて、十字架を据えた祭壇の前に立った。

「聖なる神様、私に託されたこの子を、ここにお渡しいたします」彼女はマヤ語で言った。

発すべき言葉はまずフ・メンがこっそりと言い、それをフリアナに繰り返させた。

「聖なる十字架よ、私は聖なる父の名において、脚を開くために私に託されたアイハードをお連れしました」子供をできるだけ高く差し上げながら、この台詞を二度繰り返した。

儀式の厳粛な雰囲気の中、参列者たちは当時まだ華奢だった女性を黙ってじっと見つめていた。

彼女は女性たちが子供を抱きかかえるのと同じいつものやり方で、子供の脚を開いて自分の左の腰に乗せ、子供の背中に左手を回した。ドニャ・フリアナはフ・メンの指図に従って、テーブルの周りを回った。一周する度に立ち止まり、テーブルの上に置かれたあの道具を一つずつ子供の手に触らせた。七周したところで、子供を右の腰に移し、反対方向に回った。一周するたびに、先ほど手に触らせたものを手に取り、それは何に使う物か子供に説明してやった。この段になって、赤ん坊がぐずり始めた。きっとみんなの注目を一身に集めていることに当惑していたのだろう。反対周りの七周が終わると、タチョが立ち上がり、マドリーナから子供を受け取った。

「お子さんをお返しします。父なる神の名においてお受け取り下さい。脚開きの儀式は終わりました。どうぞ病気にかからないように気を付けてあげて下さい」ドニャ・フリアナが優しくリズミカルに言った。

子供を手渡すと、彼女は子供に十字を切ってやった。フ・メンも健康を祈る祝別を与えた。

「さあ、コマドレ、たくさん頂きましょう」ミラが食事に誘った。

親たちの頭の中には思い出が次から次へと蘇ってくる。だが、何事にも終わりが必要だ。フリアナが立ち上がり、切り出す。

「さて、コマドレ、随分と話もしたし、私はお暇するわ。他にも挨拶しないといけない人がいるし」

「食べてってくれれば、いいのに、コマドレ。もう少しで食事の準備ができるんだよ」

「また今度にするわ、コマドレ。帰る前に、また来るわね」

それから子供たちに向かって言う。

「お母さんをいたわってあげるんだよ。すごく辛い思いをしてきたんだから、慰めてあげなさい」

家を出たところにタチョが立っていた。

「コンパドレ、また来るわね」

「ああ、コマドレ。でも、また午後の聖母のプロセシオン〔聖人聖母像を担いで歩く行列〕で会うだろ」

「そうね。それじゃ、のちほど」

ドニャ・フリアナが去った後、家は一瞬静けさに包まれる。彼女が帰ったことで子供たちもやっと気が休まる思いがした。

4

時間は着実にかつ有無を言わさず、人が気が付かないうちに進む。どのような進み方をしようと、何も残さない。全てを破壊する。破壊できなければ、何から何まで全てを記憶に変えてしまう。だが記憶とは一体何なのだろう。火から出る煙のように最終的には消えてしまう。記憶は無の、永遠の忘却の、そして無限の死の始まりだ。マヤの人間は愛する人たちが死んでしまった後でも、その記憶が消え失せることをよしとしない。死んだ後も一緒に暮らしているかのように、彼らと会話を交わし、彼らのために食べ物を用意する。死んだ人の魂が苦しんでいることが分かったときには、その苦しみを和らげてやろうとする。死んだ人が子供であれ、妻であれ、他のどんな家族であれ、その命日はお祝いをするための日だ。

出ておいで、出ておいで、出ておいで

苦しんでいる霊魂たち
聖なるロザリオで
あなたたちの鎖を切ってあげよう

壁を貫いて拡散するドニャ・ムクヤの野太い声が昼間の強烈な暑さによって押しつぶされ、段々と小さくなっていく。この単調な朗誦はミラの家の裏庭を挟んだ隣の家から聞こえて来る。死んでしまったある子供の命日の祈祷を前日からやっているのだ。ドニャ・オネシアは一三回妊娠したが、成人したのは七人だけだ。

「死んじゃった子供にはみんなお祈りをしてあげないといけないんだ」ミラはトルティージャ屋から汗だくで帰ってきたソコロとリチャに言って聞かせる。碾きたての匂いのするマサがいっぱい入ったバケツは台所の片隅に置かせる。

「きっと、うちにもアトレとチャチャクアへ〔トウモロコシのマサをバナナの葉で包んで蒸し焼きにしたもの。タマルやバポルシートとも呼ばれる〕のおすそ分けがあるわよね」ソコロが笑いながら言う。

「お前、お祈りには行かなかったくせに、祈祷の料理だけは食べたいんだ」母が言い返す。

「昼からやってくれれば、そりゃあ、行ったわよね。でも、真昼間なんて、行く時間がないじゃない」リチャは分かったかのような口ぶりだ。

女たちが台所でおしゃべりをしている間、男たちはテレビでやっているサッカーに夢中になっている。お昼頃ともなると、午前中の涼しさは消え去り、外は耐えられない程の暑さになっている。辺りは息苦しくなるほどの蒸し暑さに包まれ、家の中にいてもわずかに流れる風は涼をとるには足りない。特に女たちがトルティージャ作りに取りかかる頃はそうだ。コマル〔トルティージャを焼くための板状の調理器具〕を火にかけると、農民の主食であるトルティージャ作りの始まりだ。トルティージャ作りにはこつがある。マサは湿っていなければならない。マサが渇いてしまうと、出来上がったトルティージャは固くなる。それに対して、湿っていると柔らかくなる。そして舌をやけどするくらいの熱さで食べるのが、トルティージャの最高の味と香りを楽しむ秘訣だ。


「私のトルティージャはおいしくできるんだ。すごくおいしいから、チレかトマト・ソースを付けるだけで腹いっぱい食べられる。別にエネケンを育てるみたいに手間暇かけるわけじゃないんだけど、おいしいのができるんだ」ミラは自分では十分謙遜したつもりでそう言う。

　たった今言った自分のトルティージャの作り方に関する説明をあまりまともに取られても困るので、彼女は最後に少しだけ、いたずらっぽく誤魔化し笑いをした。そこにいたみんなもつられて笑った。

「誰かいるかい《ブエナス》」という祈祷女《レサドーラ》のドニャ・ムクヤの大きな声が聞こえる。彼女は返事も待たずに入口を通り抜け、そのまま台所へ向かう。彼女は村の中ではどこの家であろうと勝手に入ってしまう。食事の時間に現れることもある。そんなときはみんな彼女を食事に誘う。彼女は選り好みせず、何でも食べてくれるからだ。

「豆だけなんだけど」

「腹を満たすだけなら、なんだって構いやしないよ。それに馬に餌をやるのに、一々どんな歯をしているかなんて見たりしないだろ」いつもそう答えるのだった。

ミラの家では自分の家にいるかのようにくつろいでいる。体が小さく背中もやや曲がっている割には、何人かと一緒に祈祷をしていても彼女のパワフルな声だけは聴き分けられる。彼女が何歳なのかは誰も知らない。顔は皺だらけなのに身のこなしは軽い。いつも早足で、しかも快活にあちこちを動き回っている。「お前はムクヤさんみたいだよ。一日中ほっつき歩いて」ミラだけでなく村の女たちは、訳もなく外に頻繁に出ていく自分の子供を注意するときは、いつもこのせりふを使う。この喩えは彼女を小ばかにしているようにも響くが、実際はそうではない。村の人たちはみんな彼女を大切に思っている。彼女が家にやってくることは決して不愉快なことではない。むしろ、歯痛や頭痛、風邪などで困っているときは、彼女から薬草を使った治療法を教えてもらったりする。普段彼女は大した話はしない。老婆や遊び好きな女たちとは違って人の悪口も決して言わない。ムクヤが他の人と違うのはひとえに噂話をしないことだ。ゴシップや陰口、悪口を言って人から嫌われるような軽はずみな人物ではない。「あたしゃね、人様のことに口は挟まないんだ。知り合いの家に遊びに行っても、何も言わないで帰る。何かあっても、あたしがしゃべることはないよ。あたしにもめ事の話をされても、それがあたしの口からもれることはない。だから、お前は口が軽いから家には二度と来るな、なんて言われたことは一度もない。あたしゃ図々しいかもしれないけど、人様のことをとやかく言うようなことはしないんだ」彼女自身いつもそう言っている。彼女が話すことはいつも当たり障りのない、咄嗟に思いついたことだ。よく口にするのは森のことや普段の生活のよもやま話だ。自分と同じ年代の人と話したり、真面目な話をしたりすることもあるが、若い娘向けの話題も持っている。小娘に取り囲まれ、冗談を言い合っているうちに、恋人との付き合い方や恋人の作り方に関するアドバイスを求められたりすることもある。彼女の返事に娘たちは色めき立つ。ムクヤがいるところには必ず笑いがあるのだ。

村の公認祈祷女と言ってもいいムクヤは様々な知識を持っている。彼女は何でも屋だ。産婆やマッサージ師、骨接ぎ師の仕事までこなせる。村の中に診療所ができたことで、彼女の医者としての仕事は随分と減った。数年前診療所の医師が、産婆としての仕事を続けるために除菌と消毒の研修を受けるよう彼女に言ったことがある。しかし、自分のやり方で十分だと言って、彼女はそれを断った。そもそも彼女は自分がやることを人にいちいち説明することが好きではない。それにスペイン語で話をするのも好きではない。「マヤ語で教えてくれるんなら、受講してもいい。そうでなけりゃ、私のことは忘れとくれ」診療所の医師や看護婦にマヤ語が話せる者はいなかったため、出産のノウハウを向上させるための研修やアドバイスを彼女に与えることはできなかった。一方彼女は彼女で次のように弁解した。「いいかい。あたしゃこれまでずっと産婆の仕事をしてきたんだ。近くの村から呼びに来ることだってあるんだよ。赤ん坊が生まれなくて困ったら、ムクヤを呼びに行けって言われてるんだそうだ。仕方ないから、行くんだ。何時であろうとね。ムクヤ、いくらになるか、って訊かれるけど、言ってやるんだ。あんたが決めてくれりゃいい。これくらいだと思うだけで構わんよ、って。お金をくれるときもあれば、鶏だったり、七面鳥だったり、子豚だったりすることもある。あたしゃそれで十分さ。それくらいの仕事だと思われたんだから、仕方ないだろ。みんな貧乏なんだ。お医者さんたちが請求する額なんてとんでもない。そんなところ行ったら最後、みんな一文無しになっちまうよ」


「ムクヤ、そこの椅子にお座りよ」ミラが座ったままで彼女に声をかける。

「ちょうどいい時間《ハッチ》に着いたみたいだね。これから食事なのかい」

「ちょうどよかったわ。トルティージャを作るのを手伝ってもらえるかしら」母と同じ格好で、マサを平たく伸ばして丸いトルティージャを作ろうとしている娘たちの一人が応える。

「あれえ。そりゃ、まともなトルティージャ作りじゃないね。本当のはあたしたちが昔やってたやつだ。毎日六キロ以上のマサを作ったもんさ。今じゃ、違うだろ。そんなことしなくたって、出来上がったトルティージャを買いに行けばいいんだから。今じゃ、トウモロコシを碾く必要もない。昔はそりゃ大変だったんだ」

ミラはムクヤが子供の誘いをうまくかわすのを笑って聞いている。子供が冗談でトルティージャ作りを手伝ってくれと言ったことはみんな分かっている。ムクヤをちょっと困らせてやろうとしただけだ。なにせ、火の近くは彼女が嫌がる場所の一つなのだ。

「祈祷はどうだったんだい？」

「唱祈祷分払ってもらったよ。あんたが行けないんなら、子供たちだけでも代わりにやればよかったのに。オネシアさん、大勢に声を掛けたみたいだけど、あんまり来てなかったんだよ」

「子供たちにそう言ったんだけどね。みんな忙しくてさ。今日は村祭りがある日だろ。どこの家でもやることがいっぱいあるんだよ」

「ちょっとバポルシート〔トウモロコシのマサをバナナの葉で包んで蒸し焼きにしたもの〕を食べてみないかい？　美味いんだよ、これ。あたしゃ、三つも食っちまった。飲み物がアトレだったのはちょっと残念だったけどさ。こんなに暑いときには、冷えたコカ・コーラを出してもらった方がずっといい」

「オルチャタならあるけど、出したげようか」

「じゃあ、ほんの少しだけもらおうかな。だけど、あんたたちも一つでいいからバポルシートを食べるんだよ。オネシアさんの料理の腕前は本当に大したもんだ。あの人の作るのはいつも美味しいんだ」

いつも手放さずに持っている手提げから包を一つ取り出して開く。すると、焦げ目の付いたタマルから美味しそうな匂いが漂ってくる。ミラは思わず「じゃあ、歯に味わわせてみようかね」と、冗談っぽく言いながら一つ手に取る。ムクヤはソコロとリチャにも勧める。ただ、その勧め方に二人は笑い転げる。

「あんたたち、いつまでも猫被ってんじゃないよ。あるときはあるけど、なくなったら、ただ指をくわえるしかないんだよ」

笑いとさらなる冗談が弾ける中、女たちはムクヤが持ってきたバポルシートの大半を食べてしまった。

「オネシアさんのところの死んだ人たちも喜んでくれただろう。あたしがやってきた祈祷というのは、言わば愛のシャワーを浴びせるようなもんだからね」

「だけど、まだあの世に帰って行ったばかりなのにね。一一月にはここに来てただろ。ハナル・ピシャンをやってあげたばっかりだしさ」ミラが口を挟む。

「あんたもハナル・ピシャンの祭壇は作ったのかい？」ムクヤが訊く。

「もちろん作ったわよ。この家でハナル・ピシャンをやらないわけがないだろ。私が生きてる限りは、死んだ人たちが帰ってきたときに食べ物がないなんてことは絶対にないよ」

この地方に暮らす人たちは他の場所と違って、死んだ家族に対する思いを日々持ち続ける。死者は完全にあの世へ行ってしまうのではなく、家族の傍にいて家族に起こることをいつも見守っているのだと人々は信じている。死者は愛しい人たちが悪いことをしているのを見ると、自分も苦しむのだとされる。こうした考えから死にまつわる様々な宇宙論的、神話的な風変わりな文化が生まれる。死によって全てが消えてなくなるのではなく、魂は本来の居場所である神のもとに帰る。そして、年に一度だけこの世に戻って来ることが許されるのだ。人が死んでも、魂はすぐには行ってしまわない。何年も家族の傍に留まっていることもある。だから、あたかもそこにいるかのように死者と話をする人もいる。死んでしまった人の誕生日を祝い続ける人たちさえいる。

「このお祝いは何のためですか？」

「お兄さんの誕生日なんです。死んじゃいましたけど」

「じゃあ、そのお兄さんにおめでとう。お兄さんのために乾杯」


祈祷は際限なく何カ月にもわたって行われ、様々な食物が備えられることもしばしばだ。祈りとお供えは霊魂が道を間違わずにあの世へきちんと行けるようにするためのもの。点されるろうそくはシバルバー〔キチェ・マヤの神話に出てくる死者の世界〕への暗い道を照らしてあげる。小さく丸めたマサは霊魂が歩き疲れたときに食べるものだ。「彼らが永遠に暮らす場所へ行く道のりは遠い。行ったり来たりするのに片道数カ月はかかる。一休みすると言っても、その言葉通りほんの一瞬だ。人間は死んでも常に何かをしていなければならないのだ」通夜のときにはみんなでそんな話をする。

死は人に苦しみをもたらすようなものではない。それは杞憂にすぎない。ただ、祈祷をしてお花やトウモロコシの料理を供えてやらないと、死んだ人の魂はオーコル・ピシャン〔「魂泥棒」を意味するマヤ語〕に盗まれてしまうのだと人々は言う。死には不思議な事がたくさんある。誰もはっきりとは言わないが、死はこの暑い土地に暮らす人たちの日々の活動と共にある。たとえば、日常生活が死によって引っ掻き回されるハナル・ピシャンの祭りのときなどはそうだ。

小さな腰掛けに座ってトルティージャ作りに精を出しているソコロが下を向いたまま、母の言うことはそうだと言わんばかりに付け加える。

「私たちはその日のためだけに、一年かけて子豚を大きくするのよね。それに鶏だって、七面鳥だって、ピシャン用に育ててるわ」

「私たちがそうしてあげるだけのことをした人たちなんだよ。だからうちでは、おじいさんやおばあさん、それに死んだ息子のために祭壇を作ってあげるんだ。みんな一年に一度私たちに会いに来て、一緒に食事をしてくれるんだ」ミラが真剣な顔をして言う。「それに、ほんの数日だとしても、私たちの愛する人たちが私たちのところにやって来なかったら、私たちがいる意味なんてないだろ」

食べ物の匂いに引かれて台所にやって来て、今日のごちそうであるメチャドが出てくるのを今や遅し、と席について待っているマヌエルやトマス、タチョたちも、女たちのやり取りを興味深げに聞いている。

「なんだかやけに楽しそうじゃないか」タチョが声をかける。

すでにテーブルに付いているムクヤが答える。

「あんたも聞きたいかい。今話してるのはハナル・ピシャンのことさ」

「ハナル・ピシャンでわしが好きなのは料理とお菓子だな」

「この人は罰当たりなんだよ。その内、森に行ってるときに幽霊が出てきて怖い目に遭うに決まってる。神聖なものを茶化すんじゃないよ。死んだ人は神聖なんだから」ミラはそう言いながら胸の前で十字を切る。

　今日のごちそうをいっぱい入れた皿を受け取るみんなの顔には一様に笑みがこぼれた。

「死者に食べ物をお供えするマヤのお祀りってミルパを作る人だけがやるんじゃないのよね。町でも村でもどこででもやってるわ。お金持ちか貧乏かも関係ない。家族みんながそれぞれに死に対する思いをしゃべって、死者を迎える準備をする日なのよ。それにこのお祀りには家族のみんなが参加するわ。女は祭壇に供える美味しい料理を作るでしょ。男の人たちは祭壇を作って、そこにピブっていう地面に掘ったオーブンで蒸し焼き料理を作って供えるわ」

　ソコロがそう説明すると、ムクヤが即座に付け加える。

「ペロナ〔剥げ女〕とかカトリーナ〔ウィピルを着ない女性〕、カラカ〔骸骨〕というのも聞いたことある。まあ、どんな名前で呼ぼうと、死は丁寧に扱わないといけない。だけど、決して怖がるようなものじゃない。だからこの辺りじゃ死は静かなものなんだ。愛する人を失ったときには、よく喚き声を上げたり大声で泣いたりするって言うけど、そんなの聞いたことがない。ここらへんじゃ、人が死ぬことに芝居がかった大げさなことは必要ないんだ」

　話を黙って聞いていたミラが、待ってましたとばかりに教師ぶった口調でしゃべり出した。

「そうなんだ。怖がるようなことじゃないんだ。世の中にはどこだって、知り合いや友だち、あるいは親戚が死んだらみんなに知らせるだろ。人が死ぬのは当たり前のことだからさ」

死は確かに静かだが、死者の日は賑やかに祝われる。一〇月の最後の日から、誰しも新しい服を着る。庭は綺麗にして、木の幹には色を塗る。お金がいくらか余っていれば、家にも色を塗る。お祀りは八日間続く。子供の霊魂にも祭壇を用意する。祭壇は木だけで作らないといけない。伝統的には祭壇に釘や針金、金属やプラスチックのものを使ってはいけないのだ。そうでないと死んだ人の霊魂は安心できない。家が散らかっていても心が休まらない。だから、数日前から大掃除をする。家の中に汚れた服を置きっぱなしにしてもいけない。洗濯板も垢や染みがないようにきれいにしておかねばならない。そうしないと、やって来たおばあさんやおじいさんの霊魂は悲しくなって、汚れた服の洗濯を始めてしまう。朝起きたときに服が濡れてたら、それは死んだ人の霊魂が生きている人たちに注意を促しているからだ。祭壇を綺麗に飾り付けるのは当たり前。飾り付けにはリモナリアとか、シュ・プフク、ルーダ〔ミカン科の双子葉植物〕などいろいろな花を使う。花は縁を色とりどりの糸で刺繍した白いテーブルクロスの上に置く。一番手前の祭壇は子供のためのもので、そこにはお菓子やチョコレート、動物の形をしたビスケットなどを置く。陶器のおもちゃやロウソク、パチンコ、ティンホロッチ〔小さな円盤に紐を通し、その両端を引っ張って回して遊ぶ玩具〕、キンボンバ〔両端が円錐状になった短い棒を別の棒で叩いて跳ね上げて遊ぶ玩具〕などを置いてやることもある。

子供の食べ物は油で料理をしたり、チレを入れてはいけない。祭壇に上げる料理は大抵は鶏のプチェロ〔煮込みスープ〕だ。年配の人の話だと、子供たちはあの世でも食べ物の好き嫌いをして、肉を嫌がる。お腹が空いたら、スープを飲んで元気を取り戻し、いつものいたずらをあの世でもしているのだそうだ。

子供の霊魂の日は一日中、あちこちで祈祷が行われ、典礼歌や童謡が歌われる。日が陰りだすと、それは子供たちの霊魂が寝る場所へ帰らねばならない合図であり、みんなにとっても悲しい瞬間である。子供たちはこの世にいることは一日しか許されない。と言うのは、一説によると、生きている子供たちと同じようにいたずらをするからだ。放っておくと、ブランコに乗って遊んだり、子供に石を投げつけたりする。セノーテに水遊びに行ったり、犬の尻尾を引っ張ったりする霊魂もいる。犬は霊魂が見える唯一の動物だ。可哀想に犬はこの子供の日には子供の霊魂からいろんないたずらをされるのだ。

トマスは食べ物を口に運びながらも、女たちが交わす話を興味深げに聞いていた。犬には霊魂が見えるという話を初めて聞いたトマスは好奇心から訊いた。

「犬には霊魂が見えるって本当なの？」

「もちろんだとも、トマス」ムクヤが食べながら言う。「どうやったら見えるか、秘密を教えてあげようか。でもそれを試したら大変なことになるんだよ。やったが最後、死ぬかもしれない。しかも、とんでもない目に遭うんだ」

聞き耳を立てているみんなに向かってムクヤが話し出した。「昔この村にも犬と同じものを見た女が一人いた。だけど、そのことを他の人に伝えることもできずに死んじまったらしい。その女は若くして後家になったため、子供もいなかった。夫が亡くなると、たくさんの男が言い寄ってきた。

一人も相手にしなかったんだけど、あんまりしつこく男たちから言い寄られるもんだから、村の外に家を建ててそこに住むことにした。誰にも邪魔をされずに暮らしたかったんだ。だけど、男たちはそこにも愛を求めてやって来た」

「一体私を何だと思ってるの。私はいつも股を開くことばかり考えてる女だとでも思ってるのかしら」彼女は一人つぶやいた。

ある日、彼女は自分の身を守るため、一匹の犬を飼うことにした。そしてどこかから捨て犬を拾ってきた。マリシュ〔雑種〕でかわいい子犬だった。家に連れて帰ったその日から、犬にあげる餌にはいつもすり潰したチレ・アバネロを加えた。「これを食べて、お前は強くなるんだよ」餌をやるときにそう話しかけていた。やがて大きくなった子犬は見た目も怖い、荒い気性を持った犬になった。家に近づいて来る誰かを見つけると、必ず大きな口を開けて襲いかかろうとした。何も知らずに未亡人を手籠めにしようとやって来る奴は、逆に一泡吹かされることになる。犬が襲いかかろうと突っ走ってくるわけだから、侵入者は犬に散々吠え立てられた挙句、命からがら全速力で走って逃げないといけない。そんな目に遭った奴の誰かが、その失敗談を聞いて笑う仲間たちに向かって「あれは絶対に走って逃げたほうがいい。咬まれたらおしまいだ」と助言したらしい。だけど、失敗した男だって悔しいから、「あの女は骨みたいに固くてとても齧れない。だけど、スープにして食うにはまだまだ十分だ」とか何とか負け惜しみを付け加えるのは忘れなかった。

女は一人で暮らすことにすっかり慣れていった。不老不死の美酒を味わっている気分だった。唯一、いつまでたっても男たちが言い寄ってくることだけが苦虫を噛み潰す思いだった。彼女は唯一の伴侶として犬をとても大事にしたし、犬もその愛情に応えた。犬はいつも極上の餌がもらえた。それに賢い犬だったので、家の周りから離れることは決してなかった。犬がいる限り、女は誰に邪魔されることもなく、夜でも安心して眠れた。死者の霊魂がやって来るある一月のことだが、不思議な出来事でこの平穏な生活が壊された。犬が奇妙な行動をとるようになったのだ。日が隠れ、夜の帳が辺り一帯を覆い隠すと、犬は怒ったように吠え始め、やがて目に見えない敵に向かって襲いかかった。最初の夜は犬のうなり声が気に障るだけだった。しかし、二日目の夜は、犬の様子が気になったので、マチェテを持って庭に出て、何に向かって吠えているのか確かめようとした。家を一周してみたが、不審なものは何も見つからなかった。家の壁の隙間から外をしばらく伺っていたが、夜の平穏を乱すような人や物が近づいてくるような気配は全くなかった。それにもかかわらず、犬は相変わらず吠え続けていた。

「この犬は一体何に吠えているのかしら。一晩中吠えてるけど、どうしたんだい、お前？」

そんな夜が何日も続いた。何日もそういった夜が続くため、女はついには眠れなくなった。「この犬は一体何を見ているのかしら」うんざりしながらつぶやくのだった。

夜が明けると、犬は静かになった。女はそれで少しはゆっくりと休むことができた。だが、夜になると犬は同じことを繰り返した。

「犬には何が見えているのかしら。悪い風。精霊。もしかして、サタンが私を誘惑しに来たのかしら。一体何なのかしら」

こうした問いを自分一人で繰り返す、不安で眠れない夜が続いた。不安、心配、不眠、孤独が積み重なって、女は気が変になりそうになったので、村のフ・メンに相談に行くことにした。

「ブルホ〔呪術師〕のドン・サムに訊きに行こう。あの人ならきっと、犬に何があったのか教えてくれるわ」眠れない夜が続いて憔悴しきったある日の朝、女はそう決めた。

レボソ〔先住民・メスティソが用いるショール〕で顔を隠し、そそくさと呪術師の家に向かった。

フ・メンは未亡人の女が語る話を注意深く聞いてやった。犬が毎晩吠え続け、まだうら若い未亡人を発狂の縁に追いやっているというその奇怪な出来事は、その詳細を聞けば聞くだけ、その原因はフ・メンにはもはや明らかだった。

「私の家の庭で一体何が起きているの？　誰かが私に何か呪いでもかけたの？　それとも、どっかに金でも埋まってるの？」

「わけを教えてしんぜよう」祈祷師は女に言った。「あんたの犬が夜な夜な目にしておるのはこの世にやって来て彷徨っている霊魂だ。この時期には霊魂が普段休んでいる場所から出て家族に会いに来るんじゃ。だが、自分の家に戻る途中、少し遊んだりする。あんたの犬はその霊魂を見とるんじゃよ。霊魂を見ることができるのは犬だけじゃからな」

「私も犬が見てるものを見てみたい」未亡人が言った。

「馬鹿なことを言っちゃいかん。犬が見ているものを目にしたら、必ず気が狂うぞ。もしかしたら恐ろしさのあまり死んでしまうかもしれん。わしは話としてしか知らんが、そんなことをした者は本当にそうなるはずじゃ。やめとけ」

すでに平常心ではない女は、興味もあって、意固地になった。

「どうすればいいの。ほんの一回でいいから、犬が目にしてるものを見てみたい」

女があまりにしつこく頼むので、根負けしたフ・メンは未亡人の願いを叶えてやることにした。

「これからわしが言う通り、寸分違わずにやるんじゃぞ。じゃが、何が起こってもわしは知らんからな」

「注意なんかどうでもいいから、やりかたを教えて」女は急かした。

「やり方はこうじゃ。絶対にうまくいくはずじゃ。毎日、犬から目やにを取るんじゃ。七日間、その目やにを自分の目に塗ればいい。夜に犬が吠え出したときに、犬の目やにを自分の目に塗るんじゃ」

説明を終わる前に、フ・メンは女に念を押した。「七日間じゃ。忘れるんじゃないぞ。一日も欠かさずにじゃ。でないと、うまく行かん」

女は言われたとおり、七日間、犬が吠え始める頃に犬の目やにを自分の目に塗り続けた。不思議なことに家の周りでは犬が吠えているにも関わらずぐっすりと眠ることができた。

女は七日間同じことを繰り返した。犬の目やにを目に塗るとすぐに眠たくなり、ぐっすりと眠れた。最後の日、いつもと同じように目やにを塗って寝た。その日もぐっすりと寝ていた。ところが、夢の中で笑い声やひそひそ話、叫び声など様々な音が頭に鳴り響いた。それはあちこちにこだまする笑い声のような、奇妙にリズミカルな音だった。ざわめき声の中には時折、人の短い呻き声がかすかに聞こえた。

「私は一体何の夢を見ているのかしら」様々な音が入り混じり、意味も内容も分からないメロディーを聞いているような感覚の中、彼女は心のなかで思った。よくは分からないが、あちこちから執拗に聞こえてくるのは人の笑い声や囁きのような気がした。ただ周りは真っ暗闇だったので何も見えなかった。

「私、もしかして死んでるの？」

夢のなかで悪夢から覚めるためのスイッチを探した。「叫んでみよう。そしたら、目が覚めるかもしれない」だが、どんなに叫んでみても、叫び声は口から出て行かなかった。

「目を覚ませ。目を覚まさないといけないの」音が氾濫する悪夢の中で叫び続けた。押し寄せる音とビートの効いたリズムのうねりは段々と大きくなり、グロテスクさを増していった。何度も何度も叫び声をあげようとしているうちに、胸の奥底からやっと漏れた一つの叫び声が段々と大きくなっていき、自分の耳に届いた。その瞬間、女は我に返った。

「ああ、もう目が覚めないいんじゃないかと思った。よかった。でも、本当に怖い夢だった。笑い声に囁き声、それに叫び声。なんにせよ、やっと目が覚めた」

ハンモックから体を起こそうとしたとき、犬がいつものようにうるさく吠えたてているのに気がついた女は犬を忌々しく思った。

「私が悪い夢を見たのはこのバカ犬のせいよ。夢さえ楽しませてくれないなんて。こんな犬、ぶっ叩いてやる」

犬を叩かなければ自分の怒りが収まらなくなった女は箒を手に取ると、入口に向かった。入口のドアを開けた彼女は驚いて悲鳴を上げた。自分は本当に目が覚めているのか、まだ悪夢の続きを見ているのか確かめようと、目をこすったり、髪の毛をひっぱったりしてみた。

「ええ、これは一体何？」女は不安にかられて叫んだ。だがすぐに、自分は犬が見ているのと同じものを目の当たりにしていることに気がついた。何百という骸骨が頭を垂れて自分の目の前を歩いていた。目があったところの窪みは穴が開いているだけだ。骨がこすれ合うときには空き缶やソナハ〔鈴のようなものをたくさん結びつけた楽器〕から出るような音がする。怖くて仕方がないのだが、女の目は開いたままだ。中にはまだ肉が付いたものもあったが、目は飛び出し、悪魔から容赦なく打ち付けられたのだろう、体はボロボロになっている。彼女の頭のなかには悪魔の姿が次から次へと浮かんでくる。この哀れな姿をした人たちの叫び声や呻き声、悲鳴が女の耳にピンのように突き刺さり、その痛みが神経の末端まで入り込んでいく。少し先には、体を離れようとしない霊魂を引きずっている死神の姿があった。恐怖で、もう何も見られない。ドアを閉じようとするが、体は全く動かない。脳が麻痺を起こし、体は固まったままだ。どんなに目を閉じようとしても、いうことを聞いてくれない。いくつかの幽霊が振り返って女を見る。幽霊の目には無限の悲しみが覗いているように女には感じられた。恐怖は極限に至り、女の心臓は、電気が切れた機械のように動かなくなった。女は目を見開き、手を硬直させたままドアのところで倒れた。翌朝、森に行く途中、そばを通りかかった数名の農夫が、動かなくなった女を見つけ、女が死んでいることを村に知らせた。すぐに村の連中が女の家に集まった。

「こいつは恐怖のあまり死んだんだ。見ろよ、あの目」

「かわいそうに。一体何を見たんだろう」

「かわいそうに。だけど、もう死んでしまった」

何が起きたか分かっていたフ・メンは言った。「わしはやめとけと言ってやったのに。犬が見てるものを目にしたら、死ぬか気が狂っちまうぞって。わしのせいじゃないぞ。わしは注意してやったんだ。騙してなんかおらんからな」

トマスは聞いたばかりのこの話に衝撃を受けた。

「だから、霊魂にはハナル・ピシャンのお祭りをしてあげるんだ。食べるものがなくて泣いてるのを見るのは可哀想だもんね。死者の日には何もかも綺麗にするし、ドアのところにはヒーカラに入れた水と一緒にロウソクを立てるけど、あれって身寄りのない霊魂のためなんだよね」トマスは自信ありげに言う。

食事の席のおしゃべりはさらに続く。トルティージャ作りを終えた女の子たちが、習慣に従って、男たちと入れ替わりで食事をする。普通ならテーブルに座るのだが、今日は男たちが座ったままなので、トルティージャ作りに使った小さなテーブルで食事を取りながら、おしゃべりを続ける。

女たちの食事が済むと、ミラは後片付けをするために食器を集める。

「皿までは食べてくれないんだよね。陶器だから」

「今日の料理はとってもうまかったよ」タチョが気を利かす。

「お礼は食べさせてくれる神様に言っとくれ」

ムクヤはすでに台所の出口で、手提げに自分のものを詰めている。

「さて、あたしゃ帰るとするよ。プロセシオンに行く準備があるからね。あんたらも行くんだろ」

「もちろん、行くわよ」リチャが答える。

「だけど、まだやることがいっぱいあるんだよ」ミラが言い訳がましく付け加える。

「村中みんな知ってるよ。今日がソコロの結納だってのは」

「この村じゃ、何もかも筒抜けさ」

家中に笑い声が響く。

「じゃあ、また後で」

「じゃあ、あっちで」

小柄なムクヤの姿が消える。

「ムクヤさんはいい人だよね。いつも礼儀正しくて」今日はずっとボーッとしていたマヌエルが言う。

ミラは長男が退屈そうな顔をしているのに気がついていた。

「どうかしたのかい。横になったらどうだい」

「退屈なだけさ」

「じゃあ、広場に遊びに行ってきたらどうだい」

「もう少ししてから、闘牛に行く。ポスティン〔闘牛士の名前などをポスターで事前に告知する興業闘牛〕だから、面白いんだ」

「ああ、行っといで。だけど、酒は飲むんじゃないよ」

再び笑いが家中に広がる。

「さあ、準備にかかるぞ。もうすぐフーリオのご両親がいらっしゃるはずだ」タチョが指示を出す。

「オルチャタは少しでいいぞ。わしら大人たちはきっとビールを飲むことになるから」

「ほれ、ほれ。皿を洗って。部屋は箒で掃くんだよ。動物にも餌をやっとくれ。居間のハンモックも片付けるんだよ」ミラが家事一切の取り仕切り役として指示を出していく。

5

ミラの家でもすでに日が陰り始めている。娘の婚約者の両親を公式に家に迎えるという、午前中抱えていた不安も先方の両親の心配りと丁重な振る舞いによって拭い去られた。慣習だからとは言え、この厄介な儀式も、楽しく、くつろいだ雰囲気のうちに終えることができた。最初は母屋で形式ばったおしゃべりをしていたが、いつの間にか、おそらくビールの酔いが回ったせいだろうが、みんなの不安も消えていった。相手の気心が知れると、みんなして台所に席を移し、用意してあったメチャドを一緒に食べた。レンチョ・カンとオルテンシア・ポオモルには七人の子供がいる。フーリオは一番下の子だ。男の子たちは村を出て、稼ぎのいい仕事のある東部や海岸の方で暮らしている。長男はアメリカ合衆国に行ってから、もう一一年になる。

「あっちに行ってるというファビアンさんから何か知らせはあるんかね」タチョが訊く。

長い溜息をついた後、レンチョが気持ちを打ち明ける。

「いつになったら帰って来ることやら。あっちに行ったきりさ。最近は国境警備が厳しくて、出るのは簡単でも、入るのは難しい。だから、敢えてこっちに来ようとはせんみたいじゃ。あいつはもうあっちに生活があるからのう。いつかその内、帰って来るじゃろ」

ファビアンが村を出てから、帰ってきたのはたったの二回だけだ。レンチョは息子が定期的に送ってくる送金為替の領収書を、靴を入れる木の箱にしまっている。オルテンシアは息子が時折送ってよこした何百という手紙の中から、いくつかを選んでもう一つの大きな箱に入れている。二人はこうした手紙を通じて、息子があちらでどんな生活をしているかを窺い知るのみである。「今、ロサンゼルスにいる」あるときはそう書かれているが、次の手紙では「今はサンフランシスコにいる」と書かれている。

「この子は犬の足なんです。長男だったから、自分の家がどこにあるのか忘れないようにするには、へその緒を家の中に埋めてあげないといけない。そのことを私は知らずに、森に持って行って捨ててしまったんですよ。それであちこち彷徨い歩くことになってしまったというわけです」自分の愛しい息子がどこに行ってるかと聞かれる度に母親は諦め顔でそう答えるのだった。

息子が親元に帰って来たのは二年前が最後だ。そのとき息子は、向こうで暮らしているメキシコ人の女と結婚したと言っていた。だけど、出国に必要な書類をまだ持っていないので、連れてくることができなかったと言った。「今度来るときには、連れて来て会わせてやる」と約束した。レンチョは仕事一筋に生きてきた。だから、最初は子供が金を送ってくることを喜ばなかった。だが、うまく使えば、その金で家族の生活を良くしてやれるのだと少しずつ割り切るようになった。実際、彼はその金をうまく使い、畑を良くしたり、牛を飼い始めたりした。送ってもらったお金を元手に、彼が丹精込めて育てたこともあり、牛の数は増え、次第に優良な牛を抱えるに至った。ファビアンの我慢強い援助のおかげで、ソコロが嫁ぐ予定のカン・ポオモル家は今では村でも有数の資産家となったのだ。だが、彼らは単に資産家であるだけでなく、いつも村の人たちを可能な限り援助しようとしてきた。たとえば、村祭りで責任者が病気になって二進も三進もいかなくなった女性たちのグレミオ〔カトリックの信徒集団およびその祭祀〕に、彼らが活動資金を提供したおかげで、そのグレミオは祭礼をなんとか継続できたのだ。この家族はお金に対する執着というものをそれほど持っていない。みんな働き者だ。村の外で働いている三人の息子たちも毎月村に戻って来る。いつもお金を持ってはいるが、決して無駄遣いはしない。酒を飲むこともあるが、度を越したり、酒が原因で喧嘩したりするようなこともない。二人の娘はともに結婚している。夫はそれぞれに生活の術がある。一人は商店を経営し、もう一人は肉屋をしている。だから、彼らが食べていくことで心配することは何もない。

フーリオはまだ成人を迎えてはいないが、体格はがっちりとした、また振る舞いもきちんとした青年だ。実はこれは極めて珍しいことだ。大抵、一番下の子たちというのはわがままに育つものだ。

「一番小さいからと言って、甘やかすことはせず、他の兄弟と同じように扱ってきた。厳しくしつけたのは、わしが古い人間だからというわけではない。誰であろうと、やるべきことはきちんとするように、と言ってやらないといけない。息子も今じゃ人並みに一人で家族を養っていくこともできるとわしは思っとる」フーリオの父は自分の息子をこのように紹介した。

娘を嫁に出す方の親たちも結婚に賛同する。

「そちらさんがそうおっしゃるんなら、そうなんでしょう」

「もちろんわたしらだって、必要とあらば助けてやるつもりでおります。結婚というのはお遊びじゃないですから」

親戚になることになった親たちは立ち上がり、婚姻が決まったことを祝してビールで乾杯する。もう誰も椅子には座らない。儀式はすべて円満に終わったのだ。それに両家ともこれ以上時間をかけているわけにはいかない。双方とも無原罪の聖母コンセプシオンのプロセシオンに行く約束があるのだ。

今日の闘牛が終わったことを告げるロケット花火《ボラドール》の音が鳴り響いた。この音を聞いて、闘牛に行かなかった者たちはプロセシオンに参加するための準備を始める。プロセシオンは村祭りには欠かせない重要なイベントの一つだ。黒い木で作られた聖母像は年に一度教会の外に出ることで、村の農民だけでなく、賃金労働者など農作業以外の仕事をしている人たちも含めて、村人みんながどんな具合かを自分の目で確かめるのだ。聖母が目にする人の数によって、村にもたらされる恵みの量が決まる。人々にとって聖母の祝福は五月に降る雨と同じで、いつ何時起こるとも限らない不幸によって背負い込んだ借金やその他の負債から抜け出るのに不可欠なものだ。

聖母コンセプシオンの像は教会の中にあっても村人の生活の有為転変をご存知だ。村の中の出来事だけでなく、村の外に出ている家族のことや畑など村の外で起こることも全てお見通しだ。だが、聖母がご自身で目の当たりにするものに勝るものはない。教会の中にいて、自分の足元にやって来て涙を流す人たちの嘆きを聞いているだけでは分からないこともあるのだ。村の住民は何かあると大抵聖母のもとにやって来て、それを報告する。聖母コンセプシオンの祭りは村人の生活と信仰を体現している。それを通してどれだけ多くの人が聖母を信仰しているかを知ることができるのだ。

「この村で聖母コンセプシオンが信仰されるようになったのは、もう二〇〇年以上も昔のことです」〝チャランポン〟神父は聖母の由来を訊かれると、そう説明する。チャランポンというあだ名は洗礼や堅信礼、講話などをやっていなくても、ある程度のお金さえ出せば、教会のどんな手続きでも大目に見てくれることから付けられたものだ。「村人はそれ以来、聖母に対する信心を深めてきたわけです。聖母は今では日常生活の一部です。どの家にも聖母の奇跡の証として、聖母の絵やレリーフが飾ってあります」

「年を重ねる中で聖母にまつわるいろんな伝説が生まれています」神父はさらに付け加える。「たとえば、ある村長が闘牛場を設置する場所を、誰が見ても広くて使いやすいところに変えようとしたところ、聖母はその場所が気に入らなかったらしく、観覧席が崩れ、怪我人がたくさん出た。死人こそ出なかったものの、たくさんの人が怪我をした。それは聖母の意志の表れと解釈され、次の年から闘牛場はいつもの場所に設置されるようになったんです」

教会の外に運び出されるのを待っている聖母には、目を見張らんばかりの衣装が着せられている。頭には黄金色に輝く豪華な冠が載せられ、ロザリオの祈りのポーズをとった手にはサンゴと黄金で作られた数珠が巻かれている。手にはその他、指輪やブレスレットなど高価な宝石も付けられている。白いドレスを着せられた聖母の足元には金色に塗られた三日月が置かれ、肩には黒い髪の毛が垂れている。豪華な衣装に身を包まれたこのキリストの母は、強さ、苦しみ、包容力、慈悲といった多くの属性を持つが、それゆえに聖母は村に暮らす人たちみんなの象徴ともなっている。

村の住人はこの聖母を、一年を通じてずっと自らの救済者として崇める。手の届かない、金色の台座の上の壁龕に収められていても、女だけでなく、子供や男もやって来て、聖母の面前で多くの涙を流す。

「聖母様、今、私たちは散々な目にあっています。最初はハリケーンで森が全部倒されてしまいました。トウモロコシも全部やられてしまいました。採れるはずだったものが全部やられてしまったんです。それに今度は雨が降らない。全然降らないんです。雲さえ出ない。聖母様、お願いです。早く雨を降らせて下さい。あなたの息子さんに掛け合って下さい。偉大な力をお持ちのあなたなら、雨を降らすくらいなんでもないでしょう。私たちを助けて下さい。母上様。次の祭りのときには金細工のネックレスをお持ちします。ロケット花火も二束用意します。お願いです。母上様。お助け下さい」

「聖母様、ご覧下さい。私、夫に捨てられたみたいなんです。あっちの方に仕事をしに行ったんです。最初はお金を少しは送ってよこしてたのが、何も送ってこなくなったんです。他の女がいるっていう話だし。私はお金さえ送ってもらえれば、そんなことはどうでもいいです。だって、養わないといけない子供が三人もいるんです。夫に言ってやって下さい、聖母様。でないと、子供たちは学校を辞めることになってしまいます。本当なんです。お助け下さい。私たちは本当に困ってるんです」

「コンセプシオンの聖母様、貴方様から頂戴した奇跡への感謝の気持ちを込めて、今年はロウソクとロケット花火、それに少しばかりの音楽をお持ちします。酒浸りから救って頂いて、私は今とても幸せです。私は今、聖人様を一切信じない教会の一つに通っております。一番うれしいのは、子供たちに靴や何がしかの食べ物を買ってやることができるようになったことです。だから、感謝を申し上げに来ました。プロテスタントの信者仲間たちは私がここに来たことは知りません。どの教会に行こうと、結局私は貴方様が一番だと思っております。私を酒癖から救って下さったのは貴方様なんですから」

　聖母に対する人々の願掛けの中には様々な信仰が入り混じる。だが、聖母はそれを平然と受け止め、自分の悲しみを話しにやって来る人たちの願いを聞いてやるのだ。

　ミラとタチョは二人の娘と一緒に教会へ向かう。男の子たちは闘牛を見るために先に家を出ている。聖母のプロセシオンが入らない通りであっても、住民は自分の家の庭や前の道路を綺麗に掃除している。家の入口にはリモナリアで作った十字架を飾り付け、ロウソクを点している。さっきから教会の鐘が、プロセシオンに集まるよう信者に知らせている。教会の横には信者がロウソクに火を点ける場所がある。すでに死んでいるか否かに関わりなく、祈りを捧げたい家族の一人につき一本のロウソクに火を点す。彼らはそれを持ってプロセシオンに加わる。

　カメラやビデオカメラを持った観光客たちはいい写真や映像を撮ろうと、すでに場所を確保している。たくさんの人が行ったり来たりする教会の周りには、美しく幻想的な光景が浮かび上がるのだ。ロウソクの匂いが広場の辺りまで漂っている。男たちの肩に担がれた台座に載せられた聖母の姿は、日も暮れようとする時間帯の聖母の賛美歌と相まって、絵画のような芸術的なシーンを生み出す。ウィピルとフスタン〔ウィピルの内側にはくペチコート〕を組み合わせた衣装に身を包んだ女たちがプロセシオンの先頭を歩く。その後ろには、ウィピルは木の箱に仕舞い込み、代わりに市場で売っている流行りの服を着たカトリーナと呼ばれるマヤの女性たちが続く。

ムクヤがいつものように賛美歌を主導している。彼女の声は大きいのでマイクは要らない。村のフ・メンであるドン・サムはどこかへ出かけるときにはいつもお供に連れている息子たちと一緒だ。

聖母に何かの願掛けをしようとする人たちは裸足で歩いている。裸足で歩くことは何でもない人もいるが、慣れていない人にとっては大変な苦行となる。

聖母マリアは
私たちの御救い
私たちの庇護者
怖れるものは何もない

プロセシオンの間中ずっと、この歌が繰り返される。村の主要な道を一とおり通ると、聖母は向きを変える。来年までずっといることになる自分の居場所へ引き返すのだ。

プロセシオンが終わると、聖母を担いだ人たちが口々に聖母の重さの話をする。「今年の聖母様は軽かったな。無茶苦茶重い年もあるのに」このコメントは人々にとってはいい知らせだ。それは一年間に村人が犯した罪が少なく聖母が喜んでいることの証であり、その場合聖母はご褒美として雨をきちんと降らせてくれるのだ。

プロセシオンの間、ミラは敬意を払う意味でずっと頭を下げていた。聖母像が壁龕に戻されると、ミラは胸の前で十字を切り、心の底から湧いてくる気持ちを柔らかい声にした。

「聖母様、いつもたくさんの恵みをお与えくださり、ありがとうございます」

教会の外では家族のみんなが彼女の出てくるのを待っている。ミラが出てきたところで、タチョが提案する。

「どうだ、みんなで観覧車に乗ってみないか」

「いやだよ、そんなのに乗るのは」ミラは即座に断った。

「乗ろうよ、お母さん。一回まわるだけでいいから」ソコロが母の手を引きながらねだる。

「だめ。だめって言ったら、だめ。行くわよ」

屋台の間を歩くのは売り子の声が飛び交う市場の中を歩くようなものだ。

「お母さん、見てってよ。このベッドカバー、綺麗だろ。今日はね、店の主人がいないから、全部値切っちゃうよ。この毛布を五枚セットでどうだい？　五枚だよ。一枚追加すれば、もう一枚おまけするよ。ええい、面倒だ。この枕もあげちゃおう。全部で二〇〇ペソだ。さあ、買って頂戴。いらんかねえ。仕方ねえ、じゃあ、もういっちょ、いくか」

「こりゃ、すごい」とタチョは言いながら、みんなを急かす。「早くここから出よう。いつまでもここにいたら、あいつ奥さんまで売りに出すかもしれない。そしたら、わしは買ってしまうかもしれん」

「行こう。行こう」みんなが声を揃えて返事をする。

プロセシオンで落ち合った後、家族全員が揃ってそのまま家に戻り、ミラの台所に入る。子供たちと夫はプラスチックのテーブルの周りに座る。銘々にカップでコーヒーを飲みながら、甘くおいしそうな匂いのするパンを頬張る。

今日がチャンスだと思ったトマスは、村外に働きに行く心づもりであることをみんなに告げる。

「俺今日、プラヤから帰ってきた友だちと会って話したんだ。クラウディオ・カヌルさんの息子のチャトはあっちで仕事して金稼いでるんだって。もうボルチョ〔フォルクスワーゲンの車〕も持ってる。乗せてもらったんだ。アンブロシオ・ペトゥルさんの息子のイシドロとも話したんだけど、いい仕事があるんだって。一緒に行けば、仕事を見つけてやるって言ってくれた」

表向きは特に意図はない、さりげない物言いだが、両親の気持ちを探ろうとしていることはみんな分かっている。トマスの頭はすでに家を出ることだけでいっぱいなのだ。タチョとミラはこれまで、世の中のことを何も知らない子供をどこかまだ行ったこともないところへやったら、何か危険な目に遭わせることになるのではないかと、そのことばかりを心配してきた。これまでどれだけ多くの若者が、仕事を探すために同じ道を辿って出て行ったことか。それが正しい決断だった者もいれば、失敗に終わった者もいる。意に反して、悪に染まったり、犯罪を犯したり、様々な不幸を背負い込むことだってある。薬物中毒になって帰って来た者もいれば、麻薬のせいで刑務所に入ることになった者もいる。

「あっちには金があるかもしれないけど、危ないこともいっぱいあるんだよ」ミラはコーヒーカップから目を離さずに言った。

「仕事をしに行くだけなら、危ないことなんかないさ。もちろん、悪い人と付き合えば、何かひどい目にあうかもしれないけど」トマスは即座に応える。「チャトやイシドロに何か悪いことがあったと思う？」

台所の隅に座って話を聞いていたソコロが立ち上がり、いつもと同じ口調で、つれなく言った。

「あの子たちはうまく行ってるわよ。だって、中学校をちゃんと卒業してるじゃない。お前は自分がイシドロやチャトと同じだって言うの？　お前は小学校の六年を終えるのだってやっとこさだったんだよ」

トマスの旗色が悪くなりだしたところで、トマスの気性をよく知っているマヌエルが冗談を言って、張り詰める緊張を和らげ、会話の流れを一旦断ち切ろうとする。

「だから、俺がいつも言ってるだろ。こいつの頭に脳みそは詰まってないって。あるのはニシュタマルだけさ」立ち上がると、ドアをノックするように弟の頭を叩いてみせた。「おい、だれか居るか？　このでかい頭の中にいるのは誰だ」

トマスは腕を上げてマヌエルの手を振り払った。他のみんなからは笑いが漏れる。マヌエルの目論見は成功した。会話は再開されたが、テンションは先ほどでもない。

タチョが一番幼い娘のリチャの頭を抱えたまま、トマスには目をやらずに話し始める。ただ、その話が誰に向けられたものであるかは明らかだ。

「わしにはお前らの人生のことをとやかく言うことはできん。できることなら、わしはみんなにずっと一緒にいてもらいたい。だが、それももう叶わんようだ。もうじき、ソコロが結婚する。トマスも時間が来れば出て行くだろ。もしかしたら、マヌエルも同じように自分の道を探すかもしれん。だが、お前たちに一つだけ言わせてくれ。何ごとにもふさわしい時間というものがある。早くても遅くてもいかん。わしはお前たちからお金をもらおうとは思わん。わしがお前たちに望むのは、元気で、まっとうな人間でいてくれることだけだ」父はリチャの頭を優しくなでたり、黒く輝く髪の間に指を滑らせたりしながら、話し続ける。「ちゃんとした教育を受けてない、だとか言ってはいかん。母さんもわしも決してお前たちをないがしろにしてきたつもりはない。わしらにできることは全部してやったつもりだ。だから、お前たちにもそれなりの自覚を持って行動してもらいたい。お前たちが自分自身の道を辿るのに十分成長したとわしが判断したときには、自分の道を歩み出すことは構わん。お前たちにはトーニョ・ティナーさんのところの息子さんみたいになって帰って来て欲しくはないんだ。あの子は村を出てわずか一週間で埋葬するために連れ戻された。他にカニヒートの例もある。出て行ったときは元気だったのに、戻ってからは薬物中毒で気がおかしくなってしまった」

タチョの教訓めいた話を注意深く聞いていたミラが、タチョの言葉が途切れた隙に話し出した。

クリサント・エワンとアリスティデス・ティナーはいつも一緒にいるほど仲の良い友だちだった。他に友だちはいなかった。二人が付き合い始めたのは小学生のときだ。二人はそれぞれ村の全く反対側の端と端に住んでいた。だが、それは二人がいつも一緒に歩きまわることを何ら妨げるものではなかった。宿題をするにしても、森に薪取りに行くにしても、いつも一緒だった。二人は言わば「爪と土」のように仲が良かった。学校の悪がきたちでさえ二人のうち一方にちょっかいを出そうとはしなかった。サンとティデス、二人はそう呼ばれていたのだが、この二人のどっちかに手を出すことは二人を相手にすることを意味した。二人は、一人が売られた喧嘩は二人に売られた喧嘩だ、という固い約束を結んでいたし、みんなもそれを知っていた。

小学校の五年生だったときのある日の午前中、故意なのか単なる言い間違いなのかは定かではないが、先生がクリサントのことをサント・クリストすなわち聖なるクリストと呼んだ。「どれ、そのサント・クリスト君、黒板に出てごらん」教室にいた四四人の生徒たち全員がどっと笑った。その日からクリサントはサント・クリストと呼ばれるようになった。その内、学校では彼のことをサントというあだ名で呼ぶようになり、それはやがてサンになった。サンとはサント・クリストを縮めたものなのだ。

二人は小学校を終えると、それぞれに違う道を歩き出した。ただ、二人の付き合いだけは続いた。ティデスことアリスティデスは中学校に進んだ。二年生で落第したことで、学校を諦めようと思った。ただ、両親がそれを許さなかった。

「勉強するか仕事をするか」

「勉強しろよ。怠けんなよ」サンは言ってやった。「森に働きに行くのは大変なんだぜ」

サンはそのことがよく分かっていた。小学校を終えたとき、父からコアを渡され、森の一部を任されたのだ。

「これはお前にやる」父は言った。「働きさえすれば、飢えで死ぬことはない。金は少しでも貯めておけ。嫁を取ると、金はいくらあっても足りんからな。嫁と子供は穴の空いた樽みたいなもんだ。樽がいっぱいになることなんかありゃせん。一人に服を買ってやったと思ったら、服がいる奴が他にもおる。一人になにか食わせてやりゃ、その隣で誰かが腹を空かせとる」

「すごく大変なんだ。勉強したほうがいいぞ。畑で働いても、死ぬまで何も変わらねえ」サンは友だちに言って聞かせた。

週末になると、兄弟のような二人はいつも一緒にいた。セノーテに泳ぎに行ったり、広場に座ってそばを通る女の子たちを囃し立てたりして時間を過ごした。中学校を終えたティデスはすでに一人前の男になっていた。彼は小さい頃から会計士になるための勉強をしようと思っていた。

「勉強が終われば、おやじやおふくろを助けてあげられるんだ」ティデスは父親に言った。

「だが、金はどうする。わしらはこんなに貧乏だ。今年は待ってくれ。来年はなんとかなるかもしれん」

ティデスは一年間何もせずにいた。父も畑の仕事を手伝いに来いとは言わなかった。ある日の午後、ティデスはサンに会いに彼の家に行った。

「サンはいないんだよ」サンの母が教えてくれた。

「どういうことですか。どこかに行くって、僕には言ってなかったけど」

「私にも何も言わなかったんだよ。どこに行くんだい、って聞くと、プラヤに行くってだけ言ってね。どうかしてなけりゃいいんだけど。それにお父さんはカンカンだから、帰って来たときは大変だ」

友だちの出奔はティデスにとってはショックだった。なぜサンが村を出て行ったのか、どこをどう考えても、思い当たるふしは見つからなかった。

出奔から一年後、相棒《クアデルノ》が戻ってきた。サンはまず家に戻ると、持って帰ったたくさんのお金を差し出して、突然家を出て行ったことを詫びた。それからすぐにティデスの家に行った。

「迎えに来たんだ。プラヤに行ってマネーを稼ごうよ」

「いいね。じゃ、俺も行くよ」ティデスは高揚した声で答えた。

「あの子は悪い道に踏み込んどる。見てみろ、着てるものを。シャツはチェモだし、首には金のネックレスをして、革のブーツまで履いてるじゃないか」ティデスの父親が注意する。「お前は分かってるよな。仕事ならここにもあるんだ。わしはお前の学費まで出してはやれんが。仕事ならあるんだぞ」

ただ、父親は息子の望みに強く反対はしなかった。

「全部うまく行けばいいんだが。注意するんだぞ。お前が殺されたり、刑務所に入れられたりしても、わしはお前に会いに行くこともできん。わしらには食っていくだけの金しかないんだ」

トーニョ・ティナーの心配は必ずしも的外れではなかった。サンはまともな仕事をしていなかった。最初は飲み屋で守衛をした。その仕事をするうちに麻薬の売り方を覚えた。次第に麻薬関連の知り合いが増え、彼らと気心が知れるようになったある日、麻薬の卸をやっている店を紹介してやると持ちかけられた。その道のやり手になるのにそれほど時間はかからなかった。麻薬の渡し方がうまかった。誰に注意すべきかもよく心得ていた。だが、どんな商売でもそうだが、敵も多かった。悪いことに、この仕事の場合、敵は普通の人たちではなかった。

「俺は怖くなんかねえ。俺に用があれば、真正面から来るんだな」仕事仲間にはそう言っていた。

ティデスをプラヤに誘ったのは実は本意からではなかった。村から彼を連れだそうなどとは思っていなかった。ただ単に彼に会いに行っただけだった。挨拶をすればそれでよかった。だが、彼が履きつぶしたサンダル《サヨナラ》を履き、何回も洗ったせいで色の褪せたシャツとほつれたショーツを着ているのを見て、可哀想になった。一番悲しかったのはティデスが自分の運命を受け入れてしまったような目をしていたことだった。まるで昔の自分を見ているようだった。

理由はそれだけだった。それだけのためにサンはティデスに言ってしまった。

「迎えに来たんだ。プラヤに行ってマネーを稼ごうよ」

サンはプラヤで小さな家を借りていた。いつも朝方出かけて、夜の一一時か一二時に家に戻った。

ティデスは一日中小さな居間に置いてある壊れかけたソファーで寝っ転がって過ごした。テレビを見たり、ラジオを聞いたりして過ごした。本当は仕事を探しに行きたかった。だが、友だちは自分がいい仕事を見つけてやるから、それまでは我慢するようにと言った。

「まあ、慌てんなよ。仕事はすぐに見つかるから。マネーが欲しいんなら、仕事は見つけないといけない。だけど、なんでもいいってわけじゃない」サンはティデスをなだめた。「食べ物のことなら心配すんな。冷蔵庫にあるものは食べていいから。なにか必要な物があったら、言ってくれ。数日もすれば、金の稼ぎ方がどんなものか分かるさ」

ティデスが外に出れない理由はもう一つあった。彼は見るもみすぼらしい服しか持っていなかったのだ。一人になると、サンの奇妙なシャツを眺めた。けばけばしい色合いの、死後の世界を表したような絵柄のシャツは着てみる気にもならなかった。

ティデスがプラヤにやって来てから四日目、サンの仕事がうまく行っていないようだった。しきりにタバコを吸い、寝るときには外に誰か不審な奴がいないか見張っていてくれと言う。プラヤに来てからちょうど一週間が経ったとき、友だちは数日家を空けると言った。そして、貸してやると言って金を渡した。

「戻ったら、お前の仕事を見つけてやるよ」

一人になり、また金を手にしたティデスは思い切って外に出てみることにした。

「今日はどこかに食べに行こう。それにプラヤがどんな感じなのか見てみたいし」彼はつぶやいた。

友だちのシャツの中から一番奇抜ではないものを選んで着た。出掛けに鏡の前に立ってみた。ついでに、タンスの上においてあったサングラスもかけた。

「まあ、まんざらでもないか。だけど、俺の友だちはなんて悪趣味なんだ」声に出してつぶやいた。サンのシャツと帽子、それにサングラスを身につけると、サンのいつもの風変わりな歩き方を真似しながら、部屋の中を歩いてみた。サンはやる気のなさそうな歩き方をする。外を出歩くときは、腹を前に突き出して、肩を揺らしながら歩く。

「あいつ《バト》はやっぱり変なやつだな。シャツはテカテカ、メガネはピカピカ、帽子だってけばけばしい色をしてる。歩くときは疲れきった猿だ。俺はここにいるぞと言わんばかりじゃないか」プラヤの目も眩むばかりの通りを歩きながら、ティデスはそう思った。

ティデスが外に出ると同時に、通りの反対側からティデスの様子をじっと窺っている奴らがいた。しかし、ティデスは自分が見張られていることに気が付かなかった。ライトバンの運転席にいた三人の男たちは、一瞬だけ、自分たちの目を疑ったかに見えた。捜していた獲物が自分から姿を現したのだ。急発進した車がティデスの横で急ブレーキをかけて止まると、一番後ろにいた男がティデスに拳銃の弾を雨あられと浴びせた。歩道の真ん中に崩れ落ちたティデスの体の周りには血の海ができた。

ティデス・ティナーの村の村長がなんとか便宜を図って、遺体を両親の元に運んでくれた。遺体が村に到着しても、通夜は行われなかった。防腐処置がしてあっても、遺体は腐った肉特有の腐臭を放っていたのだ。その夜、遺体は埋葬された。

ティデスは竹馬の友であるサンと間違えられて殺された。サンのシャツとサングラス、帽子を身にまといのろのろ歩いたことが仇となった。サンと勘違いされたことは間違いなかった。ティデスが埋葬されてから二週間も経たないうちに、サンが殺されたというもう一つの悲しい知らせが村に届いた。サンは極貧地区で撃たれて死んだ。噂では他人の金を横領していたらしい。二人の若者が死んだにもかかわらず、金を簡単に手に入れるために村を出て行こうとする若者たちを思いとどまらせることはできなかった。みんな魂を売ってでも、簡単に金持ちになろうとするのだ。

「村から出て行った子たちで、帰って来たときにはお墓で眠ることになった子は多いんだ」女たちはみんなそうだが、ミラもこの話を思い出すと、いまだに胸が締め付けられる思いがする。村で何か大変なことが起こったときは、直接であれ間接であれ、みんな何らかの形でかかわらざるを得ないのだ。

「サンとティデスは手元にあるもので我慢してれば、死ぬこともなかった。欲を出すと、いいことなんかないんだ」ミラがさらに続けて言った。

「カニヒートは正気を失ったけど、生きてるよ」トマスが言う。

「それとこれとは話が違う。わしがいつも言ってるだろ。若いときには緑色のものは何でもオレガノに見えるって。つまり、自分が一番だと思っていても、必ず上には上がいるってことだ」

ルイス・トゥンがいつ、誰から、またどうしてカニホ〔酷いやつを意味するスペイン語〕というあだ名で呼ばれることになったのかは誰もよく知らない。カニホには四人の子供がいたが、財産の代わりにこのあだ名を彼らに残してしまった。

「自分の名前で呼ばれない限り、返事をするんじゃないよ」子供たちが学校に出かけるとき、母はいつもそう言って送り出した。「お前たちを五体満足で産むのは大変だったんだ。それにお前たちにちゃんとした名前を付けてやるのに五〇ペソも払ったんだ。みんなからカニホなんて、いつまでも呼ばれてるんじゃないよ」

しかし、村の人たちはみんな示し合わせたかのように、カニホことルイスの息子たちの名前を忘れてしまった。子供たちは出生順で呼ばれていた。つまり、長男は大きいカニホ、その次は真ん中のカニホ、その下の女の子はカニハ、そして末っ子はカニヒートだった。自分までもがドニャ・カニハと呼ばれていることを知ったとき、母親のドニャ・アダははらわたが煮えくり返った。

母は自分の家族につけられたあだ名を、自分が死ぬその日までずっと憎んでいた。カニヒートがまだ幼かった頃、その母は難産で命を落とした。棺には彼女が目にすることのできなかった、また彼女が命を落とす原因ともなった新生児の遺体も一緒に入れられた。それが村のしきたりであり、そのときもそのしきたり通りに行われた。

カニホの子供たちも一人、また一人と村を出て行った。男たちは自立できる年になるや否や、村の人たちが出て行ったのと同じ道をそれぞれに辿った。末っ子のカニヒートがもうすぐすれば、同じ様に家を出て行くまであとわずかというところで、姉は結婚し、父と弟を残して近くの村に行ってしまった。それから間もなくして、羽が生えそろったと感じたカニヒートも巣立って行った。

カニヒートの子供時代を知る者たちは口を揃えて、彼は大人しい子だったと言う。それは彼が兄弟の中では一番小さかったからなのかもしれない。あるいは彼自身が、自分は終わりのない何かのスパイラルにはまり込んでしまうことを予見していたからなのかもしれない。彼は決してもめごとには首を突っ込まなかった。午前中は父と一緒に畑仕事に行き、午後にはハンモックで寝そべった。

カニヒートは柱の穴の一つに四つ折りにした写真を一枚密かに隠していた。それは姉が洗礼式を受けるときに撮ったもので、その写真の一端には母が写っていた。カニヒートがまだ生まれていないときの写真だ。午後になると彼はその自分の宝物を取り出し、黙ったまま母の顔をいつまでもじっと見つめているのだった。

「広場にでも遊びに行って来い」父はカニヒートによく言ったものだ。

「行きたくない」

「体を洗って、女の子の顔でも見に行って来い」

「行くけど、会うのは男の友だちでいい」

カニヒートは一五歳を過ぎても、同年齢の仲間との付き合いがあまりなかったせいか、内気だった。

父の家に時折帰って来ていた真ん中のカニホがカニヒートの人生を大きく変えることになった。二人で話をしているうちに、カニヒートは兄と一緒に仕事に出る夢を膨らませたのだ。

「おやじさえよければ、俺が連れて行く。俺の職場の雇い主に話してみるよ。もしかしたら、雇ってもらえるかもしれない」

真ん中のカニホは海辺の町で、大きなホテルに果物を収める卸屋で荷物の運び入れや空箱の片付けなどの仕事をしていた。弟にも同じ仕事をさせてやろうと考えていた。

「少しだけ待ってくれ。今、トウモロコシの収穫をやってるところだから。それが終わったら、行かせる」父は言った。

「分かった。後は俺が面倒みてやるよ」

収穫が終わると、ドン・ルイス・カニホは息子を知り合いに託した。

「こいつの兄のところに連れて行ってくれ。これが仕事をしているところの住所だ」

その後、真ん中のカニホが父を訪れた際に、カニヒートの変わりようについてある報告をした。

「俺はもう、あいつがどうなっても責任は持てない。血を分けた兄弟だから、部屋から追い出したりはしないけど、あいつのお守りまではできない」

最初の週の稼ぎは四七〇ペソだった。兄と一緒に住んでいる部屋のドアにもたれてお札を一枚一枚数えた。何に使おうか考えながらわくわくした。「毎週少しずつ貯めて行けば、村の祭りに帰って楽しめるな。靴を履いて新しい服を着て行けば、俺が誰だか誰も気づかないかもしれない」格好いい服で香水の匂いをばらまきながら広場を歩く自分の姿を想像して悦に入った。「食べ物の心配もいらないんだから、お金《ビジュージョ》は貯められるはずだ」

空になったネスカフェの瓶を貯金箱代わりに使った。毎日出がけに瓶には汚れた服を被せて、そこに瓶があることが分からないようにした。しかし、数週間もすると、束ねた札束は隠しきれなくなった。

果物屋の店主はカニヒートを雇ったことを喜んだ。「こいつは働き者だ」店主は注文担当の一人にそう話した。金を貯めるという意気込みから、カニヒートは仕事の量を減らそうとはしなかった。「この注文品を降ろしてきてくれ。戻ったら、別のトラックの積み込みだ」カニヒートは愚痴ひとつ言わず、言われるがままに仕事をした。

街のホテルに果物を届けに行くときには、仕事が終わった後、トラックの運転手がカニヒートに助手席に座らないかと誘うこともあった。

「こっちに来て、話でもしないか」

カニヒートは自慢の体力で即座にトラックの荷台に飛び乗り、そこから答えた。

「俺、こっちの方でいいよ」

カニヒートは車の荷台に座って、自分の顔に海の匂いのするひんやりとした風が当たるのが好きだった。風に当たりながら、外国からやって来る観光客でいっぱいのホテルを眺めては想像を膨らませた。あの大きなホテルの厨房につながるドアのところで自分が降ろした選りすぐりの果物を、ホテルに泊まっているピンク色や黒い肌をした男や女たちが頬張っている姿が目に浮かんだ。車の荷台からは建物の様子もよく見えた。

「観光客ってずるいよな。たくさんお金があるだけで、一番いいものを食えるんだから」そう叫ぶと、黄色く熟して甘い匂いを発しているマンゴーの箱に向かってつばを吐きかけた。べとべとしたつばは箱に当たると、しばらくぶらぶらした後、マンゴーの谷間に垂れて行った。

正午になると、果物屋の店主が従業員らに昼飯の時間を告げる。店の中庭に集まったみんなに一枚のハムとチレの缶詰がそれぞれ配られる。腹を一番空かしている一人一人の担ぎ組はコカコーラを飲みながら、もらったハムを卵焼きやトルティージャと一緒に食べる。食事のメニューはいつも同じだったが、傷んで売り物にならなくなった果物で変化を付けた。スイカやメロン、パパイヤ、リンゴなど様々な果物を遠慮なく食べることができた。腹を満たすまで食べたことのなかったカニヒートは果物を腹いっぱい食べられるだけで満足だった。ところが、仕事仲間の一人を介して悪魔がカニヒートに忍び寄った。

「若え《バト》の、少しはのんびりやれや。どんなに働いたって、社長はお前のことよくしてくれるわけじゃねえぞ」杉の木と貧困しかない山奥から仕事を求めて出てきたツォツィル族の先住民チアパスが忠告した。「おれはここでもう何年も働いてるけど、金を持って村に帰る目途なんて立ちゃあしねえ」

チアパスとカニヒートはすぐに仲良くなった。ある週末、二人は一緒にディスコに出かけた。爆竹が怖くなるくらい鳴っていたので、カニヒートは最初浮かない顔をしていたが、チアパスがビールを一杯おごると、わだかまりは消えた。目についた女の子をダンスに誘った。結局、二人は夜明けまで飲み続けた。

夜が明けた日曜日、カニヒートは仕事を休んだ。二日酔いと寝不足のせいで一日中ハンモックで過ごした。そこから彼のディスコ通いが始まった。給料を受け取ると、シャワーを浴び、すぐに遊びに出かけた。少しは自制するようにと兄が何度も忠告したが、耳を貸さなかった。完全にチアパスの意のままだった。その遊び仲間のチアパスがカニヒートにマリワナを一本勧めた。

「このタバコ、お前にやるよ。気に入ったら、どこで買えるか教えてやる」チアパスは親切そうに言った。

チアパスの言った通りになった。一度吸うと、マリワナはカニヒートにとってなくてはならないものになった。起きてまずやることはマリワナで一服することだった。まだハンモックの中にいる兄も、弟がやっていることに気が付いていた。

「お前に仕事をやったのが俺の主人じゃなくてよかった。今頃は俺も路頭に迷うところだった。お前、やってくれるよな。結局、悪いことを覚えただけかよ」兄は弟を皮肉ったが、弟は意に介さなかった。

ネスカフェの瓶は空になった。貯めておいた金は開いた鳥かごから鳥が飛び出すかのように消えて行った。週の半ばともなると、ポケットにお金は残っていなかった。カニヒートは金でも現物でもいいから貸してくれるようにチアパスに懇願した。

「貸してくれよ。金が入ったら返すからさ。仲間だろ。俺、あいつに払わないといけないんだ」

「言ったはずだぞ。ドニャ・フアニータ〔マリワナを指す隠語〕にちょっかい出したら、痛い目にあって文無しになるって」チアパスが倉庫から荷を運びだしトラックに積む作業の手を休めずに言った。カニヒートはしつこく何度も頼んだが、チアパスはそれを頑として拒んだ。

「もう邪魔すんなよ。お前には何もやらねえよ」

その日の午後は、夜会社にどうやって忍び込み、金がしまってあるはずの机をどうやってこじ開けるか、カニヒートはそのことばかりを考えていた。夜が更けた頃、会社に戻り、従業員が出入りする裏のドアをこじ開けようとした。バールでドアをこじ開けようとしていたとき、警察に見つかった。パトカーが止まったのに気が付いたカニヒートはゴミ置き場の柵を飛び越えて逃げた。仕事場はよく知っていたので、なんとか逃げ延びることができた。

数日間身を隠した後、ヒッチハイクをして村に戻った。父にはなぜ戻ったのか、理由は一切説明しなかった。父もまた追及しなかった。帰ってから数日はルイス・カニホと一緒に畑へ出た。だが、すぐに飽きてしまい、畑には行かなくなった。それから接着剤の匂いを嗅ぎ始めた。最初は接着剤の匂いを嗅ぐだけだったが、そのうちそれを舐め始めた。午後になると、カニヒートはふらふらしながら出歩くようになった。接着剤の化学物質が脳をだめにしてしまったのだ。もしそれ以前に脳があったとしたらの話だが。カニヒートが歩くところはすえた排尿と排泄物の匂いがした。タバコを吸っている人を見つけると、立ち止まってじっとしていた。吸殻が投げ捨てられると、それを拾いに走った。

村のタクシー運転手たちはカニヒートを見つけるとからかった。ときにはみんなで取り囲み、水をかけた。カニヒートがあげる叫び声は屠殺されようとしている豚の叫び声を思い起こさせるものだった。カニヒートにはたった一つだけ怖いものがあった。それは水だったのだ。雨季ともなると、家から一歩も出ようとしないほどだった。


テーブルの周りにいる者たちはたった今聞いたばかりの話をどう解釈したらいいものか思いあぐねて、しばらく黙っていた。全員カニヒートのことはよく知っている。接着剤を嗅ぎ回っているうちに頭がおかしくなったことは知っていた。ただ、彼がなぜ思考の闇の中に迷い込むことになってしまったのか、その原因についての詳細を聞くのはこれが初めてだった。一番驚いたのはトマスだった。彼は椅子から立ち上って言った。

「みんなは俺が怖がればいいと思ってるんだ。本当言うと、怖くなったから、心配しなくてもいいよ。行くのはもっと先にする。お父さんがいいと言ってくれたら、行くことにする」

「そのうち行ってもいいから。焦るな」父が言う。

「外に出ようぜ」マヌエルが席を立つ。「女性陣はこれから掃除をするんだから」

口うるさいソコロが間髪を入れずに言った。

「駄目よ。あんたたちも手伝うんだから。ズルしないで」

「フィアンセにでも手伝ってもらいな。俺たちはギターでも弾いてるから」

男たちの笑い声が家中に響く。

6

夜の帳が下りたばかりの空にはすでに星が輝いている。村にも明かりが灯っている。家々の前の舗道には、今日の午後、教会から運び出された聖母の奇跡や恩寵を信じる信者たちの手によって、誰が決めたというわけでもないが、聖母への願掛けとして点されたロウソクが、まだ消されずにそのまま置いてある。ロウソクの明かりは祭りの華やかさだけでなく神秘的な雰囲気を作り出している。さほど遠くない広場の方からは夜店の売り子の叫び声や仮設遊園地のけたたましい音が響いてくる。鼻をつくロウソクの匂いと相まって点滅する光のページェントの中で、時間の流れが一瞬止まったように感じられる。舗道には紫色やオレンジ色、白色のブーゲンビリアに混じって赤く大きなチューリップの花がばらまかれ、その周りにはヘンルーダやミント、バジルといった香草が置かれている。村の守護聖母の御霊を汚そうとする者でない限り、夢のような世界を作り出しているこの花の絨毯を踏み荒そうとする者はいないだろう。どこか近くの家から何かを願い請うような単調な詠唱が聞こえてくる。時折大きくなる祈祷女の声があらゆる音を包み込み、喘いでいるような、震える、ときには強い口調で非難しているようにも聞こえる聖歌の詠唱だけが聞こえる。祈祷女の声によって止まった時間の中では、信仰する聖母の恵みが得られることを願って頭を下げている者たちの祈りだけが続く。「ちゃんと雨が降らないと、どうすればいいのでしょう。トウモロコシが収穫できなければ、どうやって生きていけばいいのでしょう」家の中にいる誰かの口から漏れ聞こえてくる、非難にも響くこうした聖母への問いかけは執り行われている祈祷の一部なのだ。

詠唱の響きは次第に小さくなり、何かのささやき声に変わる。売り子の声や人々を買い物や娯楽に誘うクンビアの音楽が入り混じった、俗世界の喧騒が再び堰を切って溢れ出す。同時に、止まっていた時間も再び動き出す。どう足掻いてみようと、結局いつもの働き続ける生活に戻らねばならないのだ。

ミラが上を向いて空に目をやると、星が一面に輝いている。彼女は夜のきらめく星を眺めるのが大好きだ。星を見ると、ミラはノスタルジックな気分になり、また自分の小ささを感じる。だが、反面ほっとする。

「今日のプロセシオンはとっても良かったわね。大勢の人がロウソクを点して、熱心に祈ってた。聖母様もとっても綺麗だった。真珠みたいな目をしてみんなを見てた」

「そうだな。人、多かったよな」夫が応える。

ミラの胸から深いため息が湧いて出た。彼女は天を仰いだまま言った。

「何もかも夢みたいだ。長い夢、だけど素敵な夢。星を見てごらんよ。蛍みたいだ。あれもきっと夢なんだ。目に見えるけど、絶対に触れない。目が覚めたら、何もないんだ。私たちなんてそもそもいないんだよ。きっと誰かが見てる夢の中にいるだけなんだ」

タチョには分かっている。妻はノスタルジックになったり、無心になったときはよくそんなことを口にするのだ。彼女の気分を害したり、落ち着いた気持ちを壊したりしないよう、そんなときタチョは黙っている。

ブロック造りの家の中では娘たちが、いろんな聖母像と一緒に置かれているグアダルーペの聖母像の前で十字を切って、寝るための準備を始めている。ソコロは聖母の前にしばらく跪いてから、自分のハンモックに向かう。

「お姉ちゃん、今幸せでしょ。フィアンセがいて」リチャが声をかける。

「何が言いたいの。もう少しすれば、今度はあんたの番よ」

「さあ、どうだか。もしかしたら、私は父さんや母さんとずっと一緒にいるかもしれない」

「その時がくれば、分かるわよ」リチャの頭を撫でながら言った。

二人ともハンモックに入るが、電球の明かりは点けたままだ。ミラが片付けを終えて、部屋に入るために点けたままにしてある。

「ねえ、お姉ちゃん。結婚式では花束は私がいる方に向かって投げてね。私が拾うから」

「結婚しないんじゃなかったの？　それに結婚のことを考えるには、まだ小さすぎるわよ。まずは小学校をきちんと卒業することを考えなさい」

「結婚なんてまだ考えてないわよ。ただ、準備はしとかなきゃいけないでしょ。よく言うじゃない。きちんと考える子は二人分の価値があるって」

「いいから、もう寝なさい」

椰子の葉葺の家の方ではマヌエルとトマスがすでにハンモックに入っている。しかし、落ち着きのない性格のトマスが話しかける。

「つまんねえな。バイレでも行けばよかった。聞こえて来る音楽、楽しそうだよな。今日は女の子たちがたくさんいるんだ」

「明日はミルパに行かなきゃいけないこと分かってるだろ。それにお前はもう学校に行かないんだから、トウモロコシとかぼちゃを取りに行くのちゃんと手伝え」

トマスは聞こえなかったふりをして、話のテーマを変える。もちろん、夜が明けたらミルパに行かねばならないことは分かっている。

「闘牛は面白かったんだぜ。ダチと一緒に行ったんだ。もうほとんど終わりだったから、入場料は半分で済んだんだ。でも、闘牛はちゃんと見れた。何てことないんだけど、マタシエテのやる闘牛は面白いんだ。あいつ、頭、絶対おかしいよ」まるでまじめな話をしているかのようにハンモックに座りなおす。「明日、ミルパから帰ったら、友だちと車で出かけることになってるんだ」

マヌエルは弟の嬉しそうな様子を見てただ笑っている。

「やっぱり、お前はまだ子供だな。甘い言葉にすぐ釣られるんだから」

そう言ったあとすぐに、まじめな表情で弟に言った。

「プラヤに働きに行きたいなんて言っちゃだめだぞ。そんなこと言ったら、母さんや父さんが悲しむだろ。少しは考えろよ。口にはしないけど、とても悲しそうじゃないか」

「だけど、俺絶対に行くよ」トマスは反論する。「俺は兄ちゃんみたいにミルパを作るだけで終わるのはいやなんだ。そんな人生なんてつまんねえ。そんなのいやだ。俺は他の家の人たちと同じことがしたいんだ。他の家ではできるのに、なんで俺はだめなんだよ」

マヌエルは頭を横に振って答える。

「お前は意固地なだけじゃなく、馬鹿だな。もういいから、寝ろ」

村の多くの家ではすでに明かりが消えている。畑に出ないといけない男たちにとって祭りはもう終わった。祭りでばか騒ぎを続けているのは仕事に出ない若者か村に外からやって来た人たち、それにまだ飲み足りない連中だけだ。

これまでずっとそうだったように、夜が明ければ、また新しい一日だ。人々は眠りにつく前にハンモックの中から、翌日きちんと仕事ができますように、と神に祈りを捧げる。さらに、男たちは食卓に食べ物を届けられることを、また女たちはどんな子であれ、自分の子供が一日を無事に過ごせることを祈るのだ。

人々が眠りにつくと、村の魂も眠りにつく。マヤの人々は村にも息づく魂があると考える。その魂は村から人が一人もいなくなるまで生き続ける。村が消え去った後でも、墓場の石碑に刻まれた言葉によって村の栄枯盛衰が語り継がれていく。それによって村の主役である人々に何が起こったのか、その真実が記憶されるのだ。

ミラがタチョの肩に頭を預けてもたれかかる。タチョはミラを優しく抱きとめる。流れ始めた夜の爽やかな風のリズムに合わせてミラがつぶやき出す。

「子供たちが小さかった頃はよかったわね。穏やかな生活だった。今じゃ、もう手が付けられない。馬みたいに暴れまわるし、鳥かごの鳥みたいに、窓が開いた隙に出ていこうとする。子供でいる時間なんて短いものね。いや、人生そのものが短いのかもしれない。時間が経つのは早いわ。一年なんて、三回も息をしたら、もう終わっちまう」

タチョが妻の髪を優しく撫でていると、温かい涙が彼女の頬を伝って流れた。

「生きるというのはそんなもんさ。神様が下さるものに感謝しようじゃないか」

ミラは立ち上がり、タチョの手をとって言う。

「私たちから取り上げられたものにも感謝しなきゃいけないわ。古い方の台所に行くから、ついて来て。ロウソクがまだ点いてるか見に行きましょ」

古い台所は常にロウソクを点して暗くならないようにしている。死んだ息子のアガピトの霊魂が今もそこに住んでいるからだ。台所から誰もいなくなっても、アガピトの魂はずっとそこにいるのだ。

かすかな明かりが二人を照らし出す。一瞬、二人は仲間の幽霊を探しに来た二つの幽霊のように見えた。

「アガピト」残っているロウソクが夜のうちに燃え尽きてしまった時のために、もう一本のロウソクに火を点そうとするミラの口から、諦めきれない苦悩の言葉がもれる。

ミラはしばらくの間、何かを考えながら、じっとしている。

「さあ、行こう。もう、お休み。今日は忙しかっただろ」タチョが声をかける。

我に返ったかのように、ミラが返事をする。

「今日はいつもと同じだったわよ。そうね、少し塩とラードがきつかったかもしれないわね」

ミラの独特の言い回しは彼女が平静に戻った証であり、タチョはほっとする。

「やっと元気になってくれたね」

二人は母屋に引き返す。ミラがおやすみと言ってブロック作りの家に入るのを見た後、タチョは息子たちが眠る椰子の葉葺の家に向かう。ミラは物音を立てないよう、そっとドアを開ける。娘たちはぐっすりと眠っている。近づいて、一人ひとりの顔を優しく覗き込む。部屋の片隅に置いてある水入れの水を少し飲んでから、祭壇に置いてある椀にも注ぐ。「霊魂だってのどは渇くし、冷たい水が欲しくなるでしょ」祭壇の前で十字を切りながら、小声で呟く。「聖母様、私ももう寝ます。どうかあなた様のマントでお守り下さい。家族もお願いします。どうか楽しい夢を見せてあげて下さい。お願いします」再び十字を切ってから、部屋の明かりを消しに行く。スイッチを押すと暗闇のドアが開いた。

ミラはハンモックに横になると、ゆっくりと呟く。

「また明日が始まるわ。神様の思し召し次第だけど」

訳者あとがき

本書はメキシコのマヤ先住民女性作家ソル・ケー・モオ（Sol Ceh Moo）の中篇小説『穢れなき日』（*Sujuy k'iin / Día sin mancha*, 2011）に、彼女の二冊の短編集『タビタとマヤの短編集』（*Tabita y otros cuentos mayas*, 2013）と『酒は他人の心をも傷つける』（*Kaaltale', ku xijkunsik u jel puksi'ik'alo'ob / El alcohol también rompe otros corazones*, 2013）に収録されている全短篇を加えて、訳者が全訳したものである。「村の娘タビタ」「生娘エベンシア」「老婆クレオパ」「見張りを頼まれた悪魔」「ユダとチェチェンの木」の五作が『タビタとマヤの短編集』、また「酒は他人の心をも傷つける」「闘牛士」「占い師の死」「森に消えた子供」「白い蝶」「ドン・マシート」の六作が『酒は他人の心をも傷つける』にそれぞれ収録されている。なお、「見張りを頼まれた悪魔」は『酒は他人の心をも傷つける』にも再録されている。

本書では、作者の承諾を得て、このアンソロジーに『穢れなき太陽』という邦題を付けた。これはもちろん *Sujuy k'iin / Día sin mancha* というタイトルをベースに改題したものだ。マヤ語の *k'iin* という言葉は時間としての「日」と同時に「太陽」をも意味する。そこで本書では、聖なる日である村祭りには限定されないマヤ世界を描いた他の短編を加えるに当たり、マヤの人々が暮らす世界という意味で「太陽」の方を選択し、『穢れなき太陽』とした。いずれにせよ、多くの読者はこのタイトルにマヤ先住民独自の世界観ないしは宇宙観を読み取ろうとするかもしれない。実際、「村の娘タビタ」は言うに及ばず、物語をマヤ世界に定位するための宇宙論的記号ないしは参照点として、作品の様々な場面で太陽が言及される。だが、作者は *Sujuy k'iin* というタイトルに別の意図を込めていると言う。そもそもペンネームの Sol は「太陽」を意味するスペイン語だし、彼女は自分のメールアドレスには sol の代わりに kiin を使っている。しかも「穢れなき日」の中に登場する長女のソコロは実はソル自身がモデルだと言う。マヤ語のタイトルに使われているスフイ（*sujuy*）という言葉は、女性に対して使われた場合は「処女」を意味する。つまり、*Sujuy k'iin* というタイトルには「処女であった頃のソル自身」という意味が込められているのだ。ちなみに、初期の作品ではソルではなく、マリソル（Marisol）という本名が使われていた。ソルというペンネームを使いだすのは *Sujuy k'iin* からだ。

ソル・ケー・モオはメキシコ、ユカタン州カロットムル（Calotmul）村の出身（一九六八年生まれ）で、ユカタン・マヤ語とスペイン語のバイリンガル話者だ。先住民言語で執筆されるいわゆる先住民文学は先住民言語だけで出版されると、読者層が極めて限定されるため（文学作品を読むことのできる先住民が少ない上、他言語に翻訳してくれる者がほとんどいない）、必ずスペイン語による翻訳を付けたバイリンガル版で出版される。スペイン語への翻訳は作者自身が行うのが慣例となっている。ソルの作品も例外に漏れず、すべてマヤ語とスペイン語のバイリンガル版で出版されている。メキシコにおいて先住民が先住民言語で文学作品を執筆するようになるのは一九八〇年代に入ってからだ。だが、現在においてもそのほとんどは詩人であり、いわゆる小説を執筆する作家は極めて少ない。説話などの口頭伝承を文字化しただけの作品は数多く存在するが、ソルの作品は口頭伝承をベースにしたものであっても、全て彼女の創作だ。しかも口頭伝承そのものを改編するというよりは、口頭伝承で語られる内容を題材としたメタ・ナラティヴだ。本書はそういった作品だけを収録した一種のアンソロジーである。

ソル・ケー・モオには実は高い評価を得た作品が他に三冊ある。一九七〇年代に労働運動を指導した共産党員弁護士チャラスことエフライン・カルデロン・ララの暗殺を扱った『母テヤの気持ち』（*X-Teya, u puksi'ik'al ko'olel / Teya, un corazón de mujer*, 2008）、カスタ戦争の忘れ去られていた指導者に光を当てた歴史小説『太鼓の響き』（*T'ambilák men tunk'ulilio'ob / El llamado de los tunk'ules*, 2011）、そして夫を偶発的に刺殺してしまったチアパス先住民女性に対する恩赦を扱った『女であるだけで』（*Chen tumeen chu'upen / Solo por ser mujer*, 2015）だ。この最後の作品は二〇一四年にネサワルコヨトル賞（メキシコ教育省による先住民文学賞）を受賞している。これらの三作品に比べれば、今回アンソロジーとしてまとめた作品は地味なものばかりである。ソル・ケー・モオの小説を日本に紹介するに当たり、なぜ上記三作のいずれかではなく、この地味な作品群を選んだのか、そこには多少講釈めいた説明が必要だ。

今日の先住民文学は、作者自らがスペイン語に翻訳するのならば、最初からスペイン語で書いてしまえば、手間も省け、一石二鳥なのではないかと思うが、そうはいかない。先住民言語で書くことが、今日のラテンアメリカにおいて先住民作家であるための必須要件であり、評価を受けるための重要なポイントなのだ。上述の三作品が高く評価されたのは、個々の作品の文学的完成度やそこに込められたメッセージの革新性はもちろんであるが、むしろ先住民社会内部に留まらない、普遍的なテーマを先住民言語を用いて描き出したことによるところが大きい。ところが、日本語に翻訳してしまえば、先住民言語で執筆することの意義がほとんど失われてしまう。そもそも上述三作品の内容は必ずしもマヤ語で書かれている必要はない。だが、先住民作家である以上、あるいは先住民作家であり続けるためには、ソルはマヤ語で書かねばならない。マヤ語話者なのだから、マヤ語で書くのは当たり前で、何の問題があるのだ、と思われるかもしれないが、今日の文学市場（生産と消費）において先住民文学とはそれほど生易しいものではない。

今日の先住民作家は、先住民の伝統的な文化を表象することを自らの使命と考える者が圧倒的多数だ。文学は先住民がこれまで抑圧されてきた自らの言葉を取り戻すための社会的な場とみなされるのだ。だから、先住民の伝統的な文化や価値観とは関係ない、時にはそれを批判するような内容を書くことは先住民作家の名に値しない行為とみなされ、先住民作家仲間からの批判にさらされる。一方、西洋社会の読者の多くは、先住民文学という言葉を聞いた時、伝統的な先住民表象を期待するだろう。だが、その眼差しは先住民文学をいわゆる普遍文学とは異なる特異なジャンルに閉じ込めておこうとするオリエンタリズムに他ならない。ソル・ケー・モオは、こうした従来の先住民作家たちの自己規制と西洋の文学的オリエンタリズム双方からの、先住民文学の解放を試みる。上述の三作はそうした先住民文学が抱える二重のくびきから解放されたところに生み出されることになる。

だが、ソル・ケー・モオ自身は最初から、マヤの伝統的文化とは無関係なところで、自らの文学を始めた訳ではない。「伝統的な」先住民文化を描くことで、先住民作家仲間たちに対して自らの先住民作家としての資質を示そうとしてきたふしもある。先住民作家は祖父母伝来の伝統的知恵を後世に残すことを自らの使命とすることが多い。ところが、ソルにはそうしたマヤの伝統文化を伝授してくれるはずの祖父母と一緒に暮らした経験がなかった。現代のマヤ社会では、親世代の多くは、子供にスペイン語の使用を強制し、マヤ語を教えようとしないので、伝統の継承を寸断する者とみなされる。それに対して祖父母は誰に対しても頑なにマヤ語を話し続けるので、マヤの正統な伝統文化の保持者とみなされる。先住民作家の中には、そうした家族内での伝統の伝授を受けていないソルはマヤの伝統文化について何も知らない、だからソルにはマヤの文化を語る資格はない、と言う者さえ存在した。マヤのいわゆる伝統文化を描いた『穢れなき日』はまさしく、自らが先住民文化の正統なる継承者の一人であることを、そうした先住民作家仲間に示すことを目的に書かれたものであると言っても過言ではないだろう。たとえば、女たちの薪集めの様子を描く時、女の子たちは自分の母親から様々な知識を教わるだけでなく、友だちとのやりとりの中で、自分が教わらなかったことを学んでいくという社会学的な説明を加えているのは、まさに伝統の継承は祖父母からの直接的な伝授だけによるものではないことを明らかにすることで、先住民作家仲間たちからの批判に対して自己防衛を図っているのだ。

『穢れなき日』はユカタン半島のどこかに存在する村を舞台にしている。だが、村の名前は明かされない。先住民文学では、その語りの文化的正当性を担保するため、通常はどの村の出来事なのかが明確に示されるのだが、ソルは物語の舞台である村を特定できる固有名詞を敢えて消去し、ユカタン半島に暮らすマヤの人々の物語として一般化する。だが逆に、そのことによって、マヤ世界に生まれ育った者であれば、その記述を通じて瞬時に、自分の記憶の中に存在する、生まれ育った村の光景を呼び出すことができる。ソルが描くマヤ世界はマヤの人々にとっての心の世界(マヤブ)なのであり、理想化された、穢れのないものなのだ。だがソルにとって、心の世界を描くことはマヤ先住民の世界を記憶の中に閉じ込めることではなかった。むしろ、物語から物理的境界を取り払い、自分たちが思い描くことのできる世界を広げることであった。夢の中では、自分の母語であるマヤ語で世界中の全てのことを語ることができる。本来マヤ語が話せない者にもマヤ語をしゃべらせることができる。その意味で、『穢れなき日』はソルがマヤ世界にしばしの別れを告げるための旅立ちの書だったと言ってもいいはずだ。ソルが文学的語りの旅を始める実質上の出発点となったこの作品と、彼女が常に立ち返るであろうマヤ世界を、日本の読者にまず知っておいてもらいたい、そういう願いの下、敢えて地味な作品である『穢れなき太陽』を先に世に問うこととした次第だ。

今回『穢れなき日』と併せて訳出した『タビタとマヤの短編集』と『酒は他人の心をも傷つける』はいずれもマヤの伝統的な社会を舞台としたものだ。ただし、そこに描かれるのは理想化された牧歌的な社会で平和に暮らす人々ではない。むしろ、マヤ社会に潜む負の側面と対峙せざるを得ない人々だ。つまり、『穢れなき日』では消しさられる「穢れ」そのものをテーマとしている。その中でも『タビタとマヤの短編集』はマヤの伝統的な社会規範の外に位置する女性たち（エベンシア、クレオパ、イノセンタ）が描かれる。一方、『酒は他人の心をも傷つける』では伝統的な社会システムの周縁部にあって社会規範の恩恵に与れない、あるいは規範を自ら逸脱する男たちが主人公だ。その文化的社会的逸脱者あるいは落伍者たちは、ロマン主義がマヤ文化に向けて放つ光によって、その背後の闇に閉ざされて来た人々だ。ソルは先住民文学の中では決して語られることのない、そうした忘れ去られた場末の人々に声を与えようとする。だが、彼女の作品の特徴は、そうした社会の暗部に暮らす人々に、世の中に対する恨みつらみの言葉ではなく、むしろ不遇の状況にあっても、わずかに許された喜びと希望を語らせることだ（穢れによって村人が離散することが主題である「村の娘タビタ」では、プロット上、タビタが希望を持つことはできない）。それゆえ彼女の作品には敗北者の悲壮感は全く感じられない。ただし、付け加えておかねばならないが、ソルは決してシステムや権力への迎合者ではない。むしろ全く逆で、彼女は社会問題に敏感な、弱者、特に女性の人権擁護者だ。「生娘エベンシア」の主人公エベンシアはソルの化身と言ってもいいだろう。まるで反骨精神の塊のような、自分らしく生きることへの彼女の揺るぎない信念ゆえに、ソルは絶望ではなく、生きることへの希望を掬い取ろうとする。その姿はいかなる苦境にあってもへこたれない老婆クレオパのようでもある。彼女のペンにかかれば、どんな不遇の中にも一筋の希望の光が差す。

ソル・ケー・モオに対する文学史的評価はまだ定まっているわけではない。ここまで述べてきた解説は、あくまで私の個人的な期待を込めた、ひとつの解釈に過ぎない。その場合の期待とは、ソル・ケー・モオという作家個人というよりは、先住民文学全体に対する期待と言った方が正確かもしれない。いずれにせよ、ラテンアメリカの先住民文学の中にあってソル・ケー・モオの作品が革新的であることは間違いない。その変化は、先住民の文学的実践が「西洋」のいわゆる普遍文学に接続し、肩を並べるためには不可欠なものであるはずだ。だが一方で、「西洋」の読者も、先住民に関する文学が先住民文学だと思ってはならない。それは「西洋」の人間が想像する（自ら執筆することもある）文学でしかない。先住民自身が自らの言葉で語る文学を発見したとき初めて、先住民文学という新しいジャンルが「西洋」の文学世界に立ち上がるのだ。

ちなみにアメリカ合衆国においては、一九六九年にスコット・ママデイの『夜明けの家』がピューリッツァー賞を受賞して以降、先住民文学ルネッサンスと呼ばれるほど、先住民（ネイティヴ・アメリカン）作家による小説が多数執筆され、また先住民文学に関する文芸批評も活発に行われている。日本においてもすでにレスリー・マーモン・シルコーやルイーズ・アードリック、シャーマン・アレクシーらの作品が翻訳出版されている。ところが、これらネイティヴ・アメリカンによる文学作品はすべて英語だけで執筆されている。かつてラテンアメリカにも、いわゆるラテンアメリカ文学ブームが起こる以前、先住民の社会や文化を題材としたインディヘニスモと呼ばれる文学ジャンルが存在した。そうした文学は、先住民の社会や文化に通じている者であれば、先住民でなくとも誰にでも書ける。先住民文学とインディヘニスモ文学の差は必ずしも表象される内容の真正性によるものではない。むしろ、作家自身が自分は先住民であるというアイデンティティを持つか否かに大きく依存している。ラテンアメリカにおける今日の先住民文学では、そのアイデンティティの証明手段として先住民言語が大きな役割を担っているのだ。ラテンアメリカでは今のところ、スペイン語などの先住民言語以外の言語で書かれた先住民文学は存在しない。そうした作品はかつてのインディヘニスモ文学（すなわち、メスティソの文学）に回収されてしまう危険性があるからだ。

最後になったが、本書の訳文について少し説明しておきたい。日本語への翻訳は、マヤ語版を随時参照しつつ、スペイン語版をベースに行った。全てのテキストの日本語訳が終了した後に、改めてその日本語の訳文とマヤ語文を対比しながら、訳文に修正を加えた。そもそも、スペイン語版のテキストはマヤ語版の逐語訳ではない。表現方法に違いがあるのは当たり前であるが、それに加えて、マヤ語版にはあるのに、スペイン語版には存在しない文章、またスペイン語版において書き加えられた文章も存在する。本書では、特に明示はしていないが、そうした他方には存在しない文章も訳出している。両者の内容が大きく異なる場合は、割注で示した。

登場人物の名前に関しては、スペイン語による呼び名および発音を基本とした。ただし、聖書と関連する名前には日本で一般的な名称を採用した。「老婆クレオパ」のクレオパはルカによる「福音書」第二四章で言及されるクレオパ（英語名 Cleopas）に由来する。このクレオパはスペイン語ではクレオファス（Cleofas）と呼ばれるが、日本語の聖書で使われているクレオパとした。「村の娘タビタ」は「使徒行伝」第九章で言及されるヨッパの女弟子タビタ（Tabita）を題材にしているが、タビータとはせずに、タビタとした。また、チェチェンの木の話で登場する「ユダ」はもちろんイエスを裏切ったユダが題材だが、「穢れなき日」の中では敬称の don を付けて Don Judas と呼ばれている。本来であれば、ドン・フーダスにしたいところだが、「ユダとチェチェンの木」との整合性から、敢えてドン・ユダというおかしな名前を使っている。「ドン・マシート」のマシート（Maxito, Maximiliano の愛称）はマヤ語読みでマシートとした。

出版不況が叫ばれる中、先住民文学というジャンルが切り開く文学的可能性を信じて、出版を快く引き受けて下さった水声社、特に本書の編集を担当してくださった編集部の後藤亨真さんにはこの場を借りて心からお礼を申し上げたい。

二〇一八年六月

吉田栄人

著者／訳者について——

ソル・ケー・モオ（Sol Ceh Moo）　一九六八年、メキシコ国ユカタン州カロットムル村に生まれる。作家。二〇〇七年に「闘牛士」、二〇一〇年に「占い師の死」でユカタン大学が主催する文学コンクールでマヤ語部門最優秀賞を受賞。二〇一四年には『女であるだけで』によってメキシコ教育省のネサワルコヨトル文学賞を受賞。その他に、『母テヤの気持ち』（二〇〇八年）、『太鼓の響き』（二〇一一年）などがある。

吉田栄人（よしだしげと）　一九六〇年、熊本県天草市（現在）に生まれる。広島大学大学院社会科学研究科博士後期課程中途退学。現在、東北大学大学院国際文化研究科准教授。専攻、ラテンアメリカ民族学。主な著書には、『メキシコを知るための六〇章』（明石書店、二〇〇五年）などがある。

装幀——齋藤久美子

穢れなき太陽

二〇一八年八月一〇日第一版第一刷印刷　二〇一八年八月三〇日第一版第一刷発行

著者――ソル・ケー・モオ
訳者――吉田栄人
発行者――鈴木宏
発行所――株式会社水声社
東京都文京区小石川二―七―五　郵便番号一一二―〇〇〇二
電話〇三―三八一八―六〇四〇　FAX〇三―三八一八―二四三七
［**編集部**］横浜市港北区新吉田東一―七七―一七　郵便番号二二三―〇〇五八
電話〇四五―七一七―五三五六　FAX〇四五―七一七―五三五七
郵便振替〇〇一八〇―四―六五四一〇〇
URL : http://www.suiseisha.net
印刷・製本――精興社

ISBN978-4-8010-0356-9
乱丁・落丁本はお取り替えいたします。